내친구 삼행시
Acrostic Poem as My Friend

내친구 삼행시 Acrostic Poem as My Friend

발 행 일   2017년 1월 1일

지 은 이   김 승 수
펴 낸 이   손 형 국
펴 낸 곳   (주)북랩
편 집 인   선일영   편집   이종무, 권유선, 김송이
디 자 인   이현수, 이정아, 김민하, 한수희   제작   박기성, 황동현, 구성우
마 케 팅   김회란, 박진관
출판등록   2004. 12. 1(제2012-000051호)
주   소   서울시 금천구 가산디지털 1로 168, 우림라이온스밸리 B동 B113, 114호
홈페이지   www.book.co.kr
전화번호   (02)2026-5777   팩스   (02)2026-5747

ISBN   979-11-5987-381-2 03810(종이책)   979-11-5987-382-9 05810(전자책)

잘못된 책은 구입한 곳에서 교환해드립니다.
이 책은 저작권법에 따라 보호받는 저작물이므로 무단 전재와 복제를 금합니다.

이 도서의 국립중앙도서관 출판예정도서목록(CIP)은 서지정보유통지원시스템 홈페이지(http://seoji.
nl.go.kr)와 국가자료공동목록시스템(http://www.nl.go.kr/kolisnet)에서 이용하실 수 있습니다.
(CIP제어번호 : CIP2016031234)

(주)북랩 성공출판의 파트너

북랩 홈페이지와 패밀리 사이트에서 다양한 출판 솔루션을 만나 보세요!
홈페이지 book.co.kr   1인출판 플랫폼 해피소드 happisode.com
블로그 blog.naver.com/essaybook   원고모집 book@book.co.kr

내친구 삼행시

Acrostic Poem as My Friend

김승수 지음

북랩 book Lab

prologue

오늘날 SNS는 일상생활에서 떼어낼 수 없는 생활의 일부가 되었습니다. 이런 SNS를 잘 활용하면 많은 것들을 할 수가 있습니다.

길을 걷다가 우연히 스쳐 지나가는 사람들과 친구가 되기는 쉽지 않습니다. 그러나 SNS에서는 스쳐 지나가는 사람 중에서 관심사가 같은 사람과 친구가 되는 것이 쉽게 가능합니다.

이렇듯 SNS상에서 처음 만나 친구가 되고 싶은 사람에게 삼행시 같은 선물을 하면 친구가 되는 데 도움이 될 것입니다.

우리는 남들을 칭찬하는데 매우 인색합니다. 이 책을 통해서 칭찬하는 행복의 기운, 긍정의 기운이 전파되기를 바랍니다.

이미 친구이지만 자주 만나지 못 하는 경우에도 정성스런 행복의 삼행시를 선물하면 더 친근하게 될 수 있을 것입니다.

이 책에서는 각 삼행시마다 영문표기를 했는데, 이는 한글의 우수성과 한글 삼행시의 우수성을 세계에 알리기 위함입니다.

이 책은 편안하고 행복하게 읽기 좋은 책이며, 행복한 책을 선물하고 싶을 때 좋은 책입니다. 행복을 선물해 보세요.

이 책에서는 우리의 소원인 평화 통일에 관한 삼행시도 있으며, 이 책의 수익금 중 일부는 통일나눔 펀드에 기부됩니다.

이 책의 출간까지 도움을 주신 모든 분들께 감사드립니다.

2017년 1월 1일
김승수

 내친구 삼행시

contents

내친구 삼행시

contents

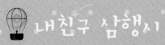
내친구 삼행시

contents

part 01

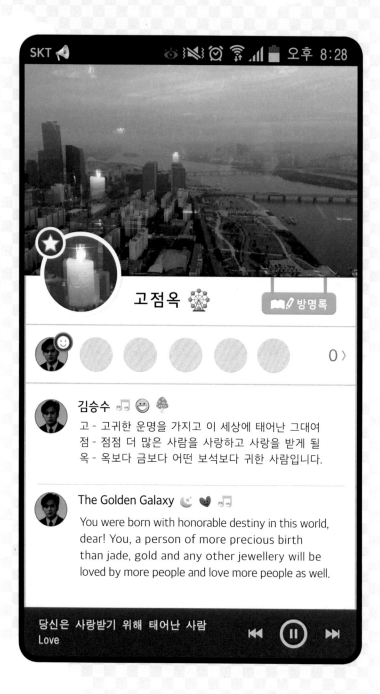

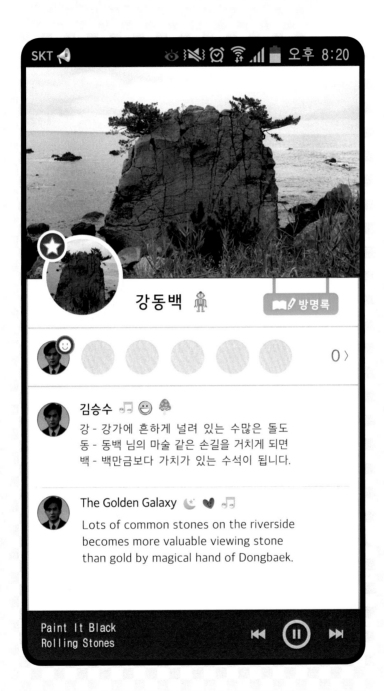

오후 8:20

강동백 🤖

📖✏️ 방명록

0 ›

김승수 🎵 😊 🐚
강 - 강가에 흔하게 널려 있는 수많은 돌도
동 - 동백 님의 마술 같은 손길을 거치게 되면
백 - 백만금보다 가치가 있는 수석이 됩니다.

The Golden Galaxy 🌙 🖤 🎵
Lots of common stones on the riverside
becomes more valuable viewing stone
than gold by magical hand of Dongbaek.

Paint It Black
Rolling Stones

⏮ ⏸ ⏭

13

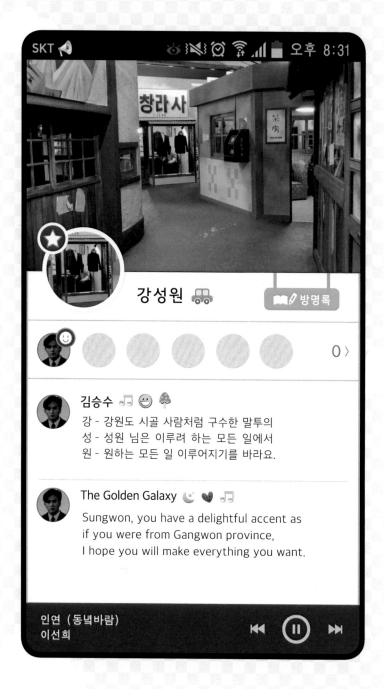

강순실 🐴

📖✏️ 방명록

0 ›

김승수 🎵 😊 🐚

강 - 강순실 선생님은 학창 시절들을 떠올리면 생각나는
순 - 순진했던 그 시절에 너무도 잘 대해 주셨던 선생님
실 - 실제로 이런 좋은 선생님을 만난 것은 행운입니다.

The Golden Galaxy 🌙 🖤 🎵

It is so lucky for me to meet such a good teacher
indeed, everytime I think of my school days
When I was so innocent,
I remember teacher, Soonsil Kang.

그런 사람 또 없습니다
이승철

⏮ ⏸ ⏭

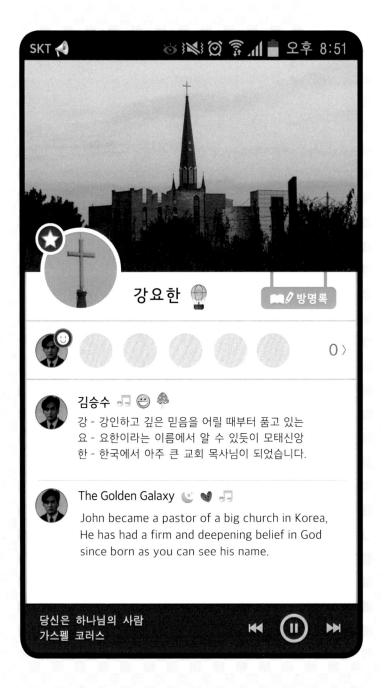

강요한 🎈　　　　📖✏️ 방명록

김승수 🎵 😊 🌺

강 - 강인하고 깊은 믿음을 어릴 때부터 품고 있는
요 - 요한이라는 이름에서 알 수 있듯이 모태신앙
한 - 한국에서 아주 큰 교회 목사님이 되었습니다.

The Golden Galaxy 🌙 💜 🎵

John became a pastor of a big church in Korea,
He has had a firm and deepening belief in God
since born as you can see his name.

당신은 하나님의 사람
가스펠 코러스　　　⏮ ⏸ ⏭

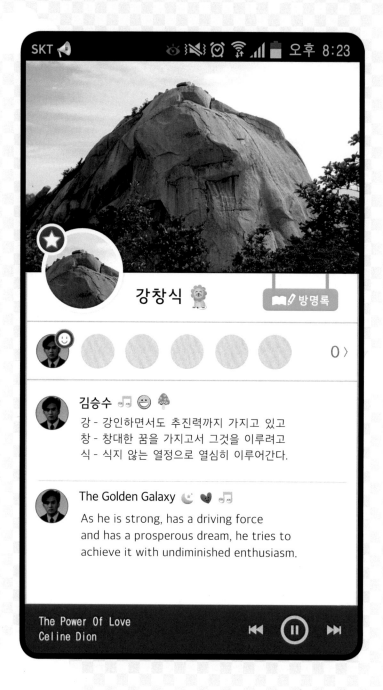

SKT 📢 👁 🔕 ⏰ 📶 🔋 오후 8:23

강창식 🦁

📖✏️방명록

☺

0 ›

김승수 🎵 😊 🌳

강 - 강인하면서도 추진력까지 가지고 있고
창 - 창대한 꿈을 가지고서 그것을 이루려고
식 - 식지 않는 열정으로 열심히 이루어간다.

The Golden Galaxy 🌙 🖤 🎵

As he is strong, has a driving force
and has a prosperous dream, he tries to
achieve it with undiminished enthusiasm.

The Power Of Love
Celine Dion

⏮ ⏸ ⏭

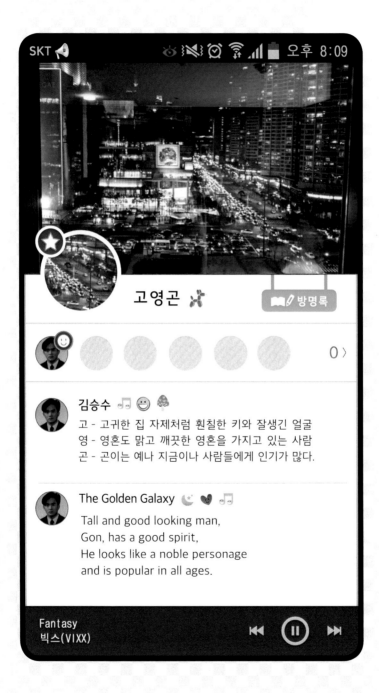

고영곤 🎈

📖✏️ 방명록

0 ›

김승수 🎵😊🎋
고 - 고귀한 집 자제처럼 훤칠한 키와 잘생긴 얼굴
영 - 영혼도 맑고 깨끗한 영혼을 가지고 있는 사람
곤 - 곤이는 예나 지금이나 사람들에게 인기가 많다.

The Golden Galaxy 🌙🖤🎵
Tall and good looking man,
Gon, has a good spirit,
He looks like a noble personage
and is popular in all ages.

Fantasy
빅스(VIXX)

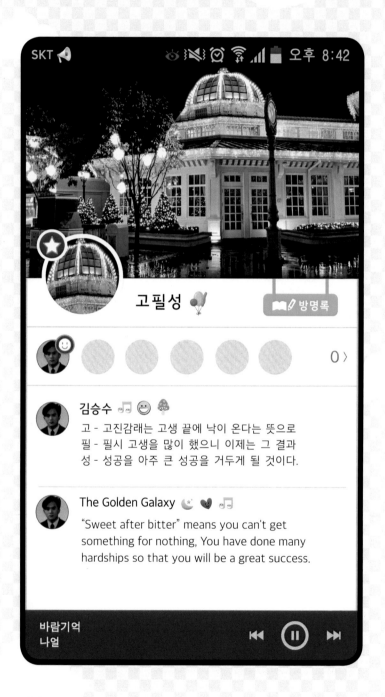

고필성 🎈

📖✏ 방명록

0 ›

김승수 🎵 😊 🍄

고 - 고진감래는 고생 끝에 낙이 온다는 뜻으로
필 - 필시 고생을 많이 했으니 이제는 그 결과
성 - 성공을 아주 큰 성공을 거두게 될 것이다.

The Golden Galaxy 🌙 💗 🎵

"Sweet after bitter" means you can't get
something for nothing, You have done many
hardships so that you will be a great success.

바람기억
나얼

SKT 📢　　　👁 🔕 ⏰ 📶 🔋　오후 8:23

곽병창 🗼　　　📖✎ 방명록

0 ›

김승수 🎵 😊 🐚
곽 - 곽 껍데기 같은 박스랑 종이랑
병 - 병이랑 모아서 재활용품으로도
창 - 창대한 부를 이룬 사람도 있다.

The Golden Galaxy 🌙 🖤 🎵

With recycling like carton,
paper and bottle,
someone became rich.

기다린 만큼, 더
검정치마　　　　⏮ ⏸ ⏭

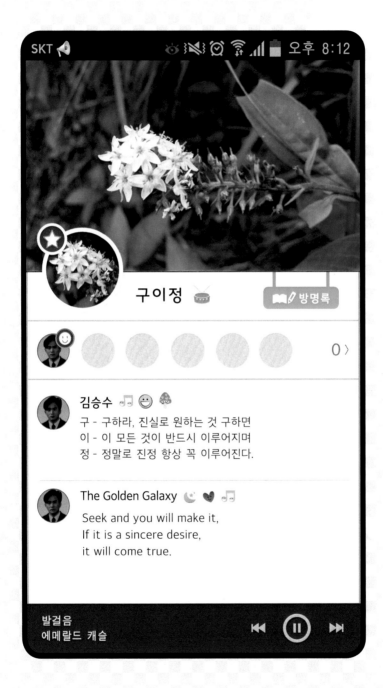

SKT 📢 ☉ ⅏ ⏰ 📶 🔋 오후 8:12

구이정 🥁   📖✏️ 방명록

0 ›

김승수 🎵 😀 🐚
구 - 구하라, 진실로 원하는 것 구하면
이 - 이 모든 것이 반드시 이루어지며
정 - 정말로 진정 항상 꼭 이루어진다.

The Golden Galaxy 🌙 🖤 🎵
Seek and you will make it,
If it is a sincere desire,
it will come true.

발걸음
에메랄드 캐슬
⏮️ ⏸️ ⏭️

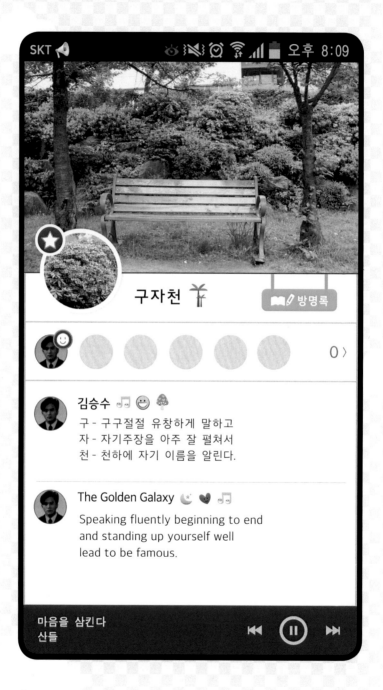

구 - 구구절절 유창하게 말하고
자 - 자기주장을 아주 잘 펼쳐서
천 - 천하에 자기 이름을 알린다.

Speaking fluently beginning to end
and standing up yourself well
lead to be famous.

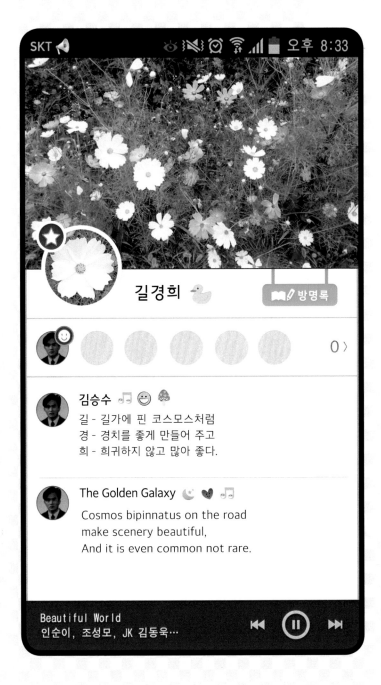

김경애 🤖 📖✏️ 방명록

0 ›

김승수 🎵 😊 🐚
김 - 김씨 가문 중에 명문가문 광산 김씨 연기자
경 - 경이로운 연기를 펼치시며 때론 소녀 같은
애 - 애틋한 감성 연기는 여우주연상 감입니다.

The Golden Galaxy 🌙 🖤 🎵

She came from a distinguished family which
is the Kims of Kwangsan,
She is a good actor with giving a marvelous
performance, When her sensibility acting like
a girl, she seems to win Best Actress Award.

행복을 주는 사람
해 바라기   ⏮ ⏸ ⏭

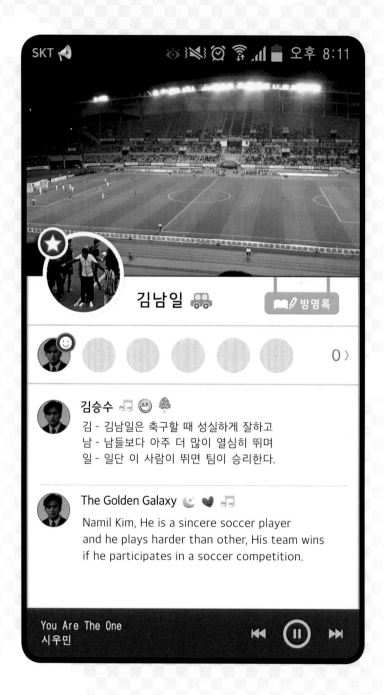

김남일 🚗 📕✏️방명록

0 ›

김승수 🎵 😊 🌳
김 - 김남일은 축구할 때 성실하게 잘하고
남 - 남들보다 아주 더 많이 열심히 뛰며
일 - 일단 이 사람이 뛰면 팀이 승리한다.

The Golden Galaxy 🌙 💜 🎵
Namil Kim, He is a sincere soccer player
and he plays harder than other, His team wins
if he participates in a soccer competition.

You Are The One
시우민

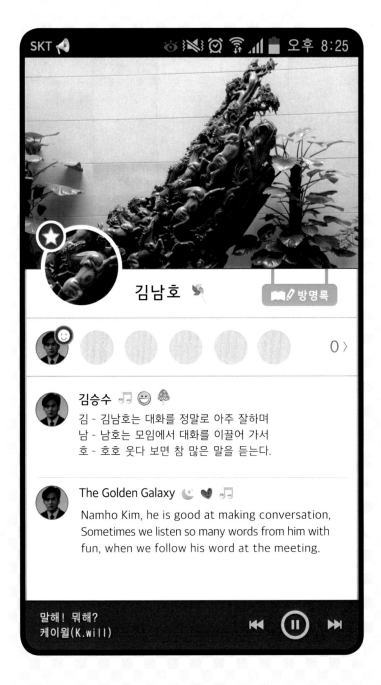

SKT 오후 8:25

김남호

방명록

0 ›

김승수

김 - 김남호는 대화를 정말로 아주 잘하며
남 - 남호는 모임에서 대화를 이끌어 가서
호 - 호호 웃다 보면 참 많은 말을 듣는다.

The Golden Galaxy

Namho Kim, he is good at making conversation,
Sometimes we listen so many words from him with
fun, when we follow his word at the meeting.

말해! 뭐해?
케이윌(K.will)

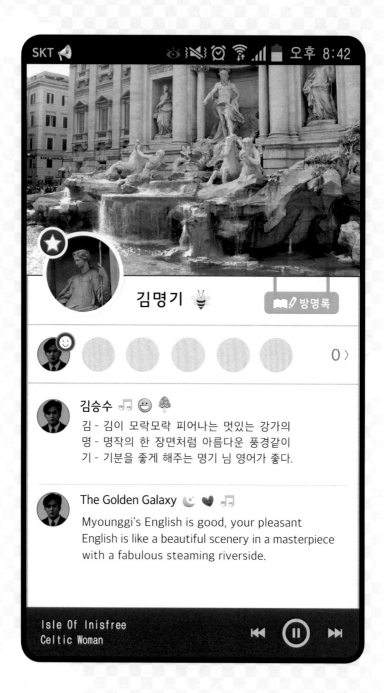

김승수 🎵 😊 🌳

김 - 김이 모락모락 피어나는 멋있는 강가의
명 - 명작의 한 장면처럼 아름다운 풍경같이
기 - 기분을 좋게 해주는 명기 님 영어가 좋다.

The Golden Galaxy 🌙 🖤 🎵

Myounggi's English is good, your pleasant
English is like a beautiful scenery in a masterpiece
with a fabulous steaming riverside.

오후 8:43

김미수 🚢

📖✏️ 방명록

0 ›

김승수 🎵 😊 🌳
김 - 김미수는 누구나 아주 좋아하는
미 - 미소가 상당하게 매력적인 사람
수 - 수다스럽지만 그런 게 매력이다.

The Golden Galaxy 🌙 🖤 🎵
Misoo Kim who has an attractive smile
is so popular,
Though she is a bit talkative, it is her charm.

그대는 좋은 사람 같아요
미니드레스

⏮ ⏸ ⏭

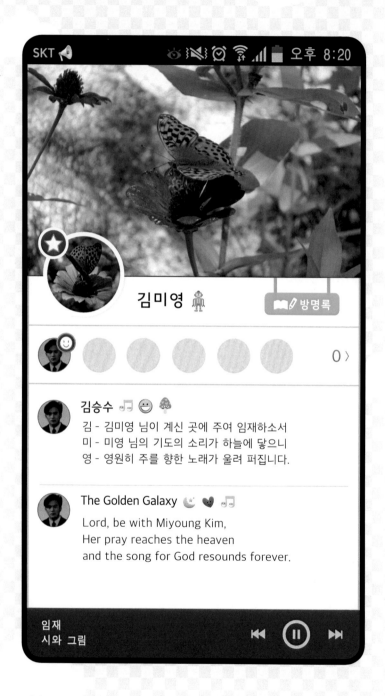

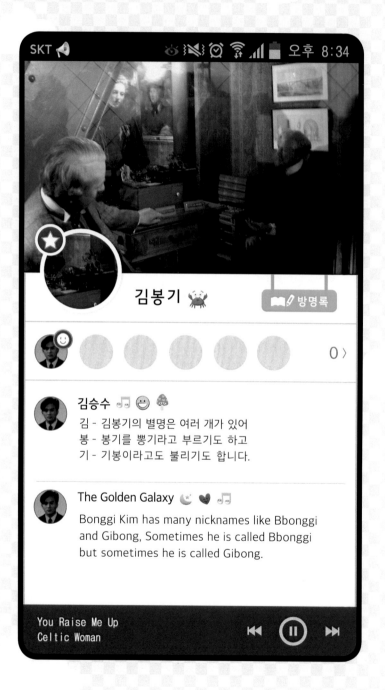

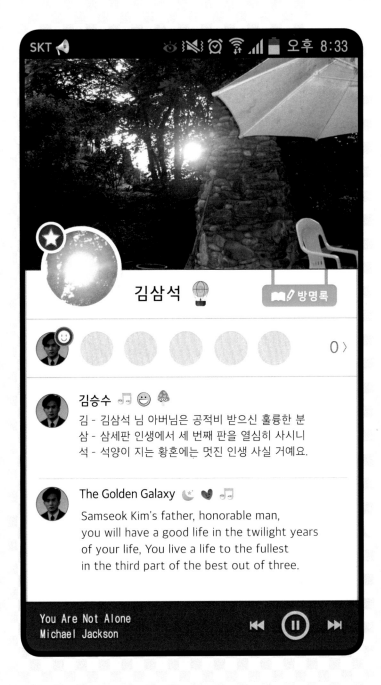

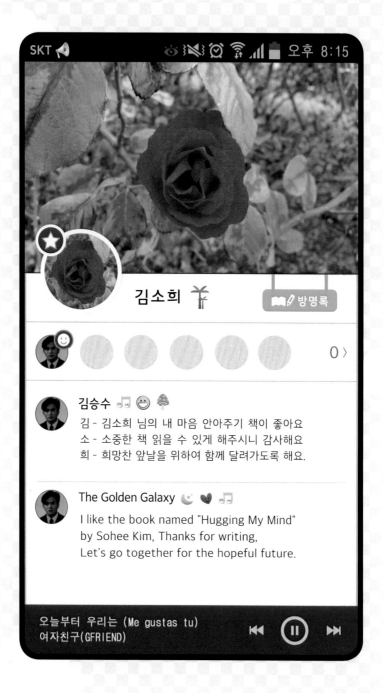

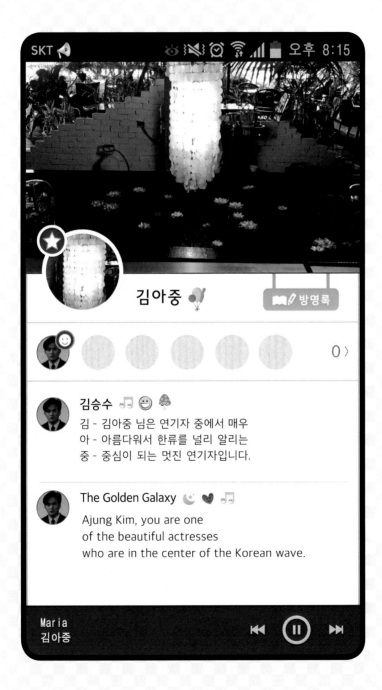

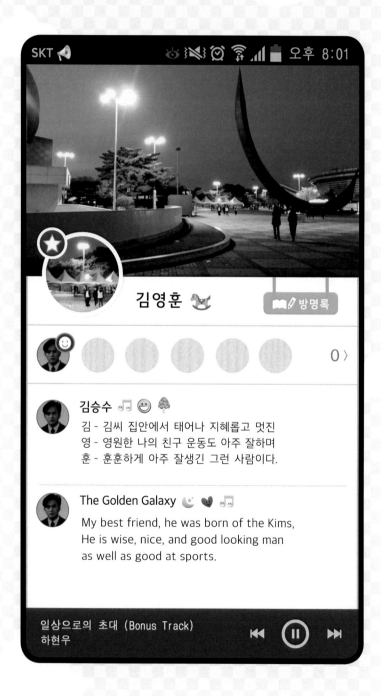

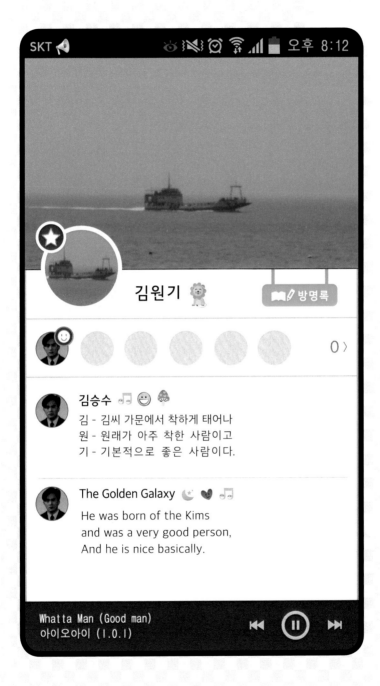

SKT

오후 8:12

김원기 🦁

📖✏방명록

0 ›

김승수 🎵 😊 🐚
김 - 김씨 가문에서 착하게 태어나
원 - 원래가 아주 착한 사람이고
기 - 기본적으로 좋은 사람이다.

The Golden Galaxy 🌙 💗 🎵
He was born of the Kims
and was a very good person,
And he is nice basically.

Whatta Man (Good man)
아이오아이 (I.O.I)

⏮ ⏸ ⏭

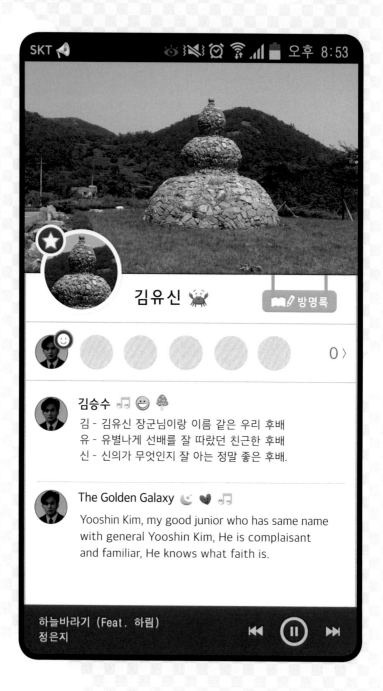

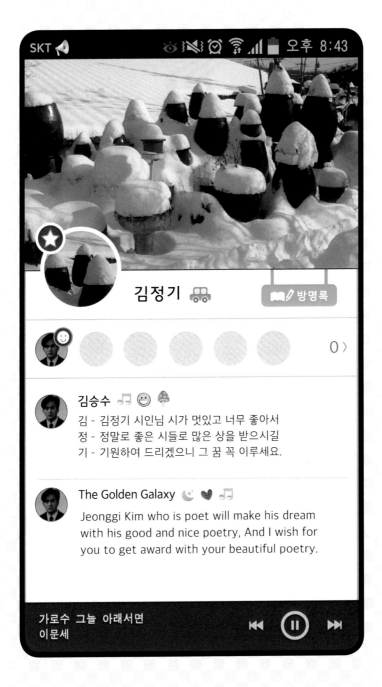

김정기 🚐 📖✏️방명록

0 ›

김승수 🎵 😊 🌳
김 - 김정기 시인님 시가 멋있고 너무 좋아서
정 - 정말로 좋은 시들로 많은 상을 받으시길
기 - 기원하여 드리겠으니 그 꿈 꼭 이루세요.

The Golden Galaxy 🌙 🖤 🎵
Jeonggi Kim who is poet will make his dream
with his good and nice poetry, And I wish for
you to get award with your beautiful poetry.

가로수 그늘 아래서면
이문세

⏮ ⏸ ⏭

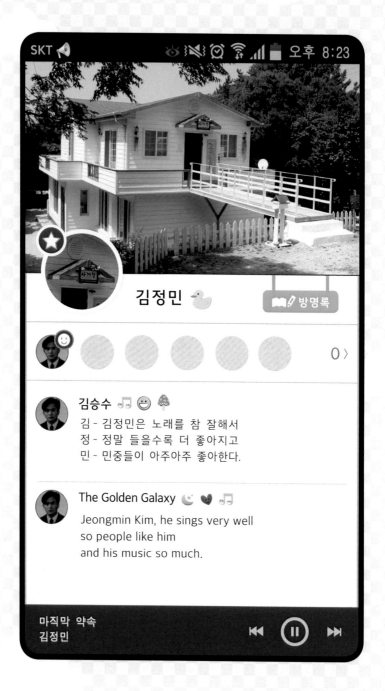

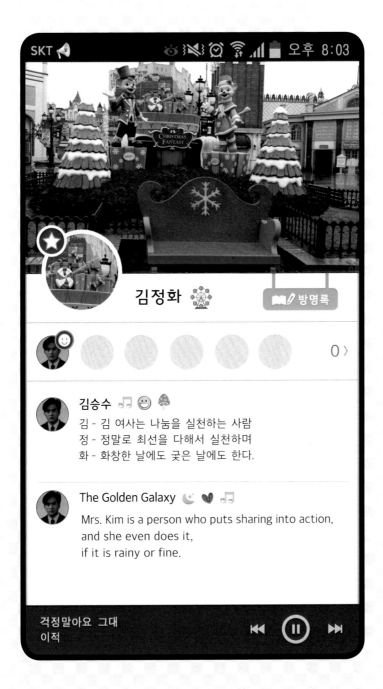

김정화

김승수
김 - 김 여사는 나눔을 실천하는 사람
정 - 정말로 최선을 다해서 실천하며
화 - 화창한 날에도 궂은 날에도 한다.

The Golden Galaxy

Mrs. Kim is a person who puts sharing into action,
and she even does it,
if it is rainy or fine.

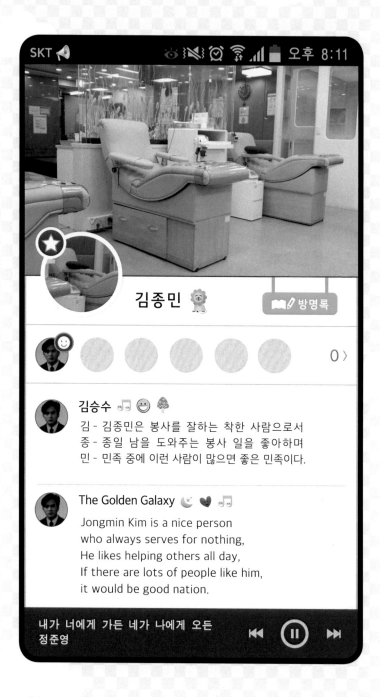

김종민 🦁

📖✏️방명록

0 ›

김승수 🎧 😊 🌳
김 - 김종민은 봉사를 잘하는 착한 사람으로서
종 - 종일 남을 도와주는 봉사 일을 좋아하며
민 - 민족 중에 이런 사람이 많으면 좋은 민족이다.

The Golden Galaxy 🌙 💜 🎵
Jongmin Kim is a nice person
who always serves for nothing,
He likes helping others all day,
If there are lots of people like him,
it would be good nation.

내가 너에게 가든 네가 나에게 오든
정준영

◄◄ ⏸ ►►

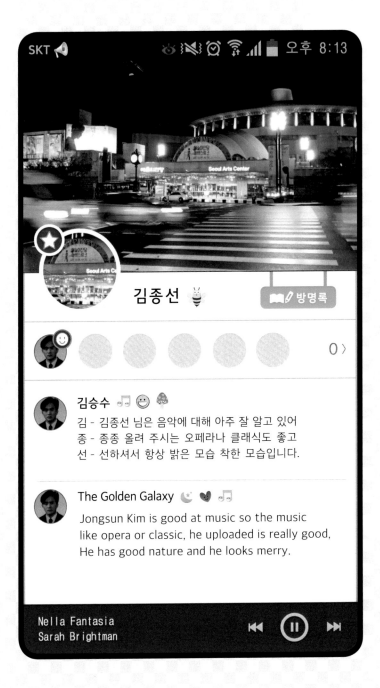

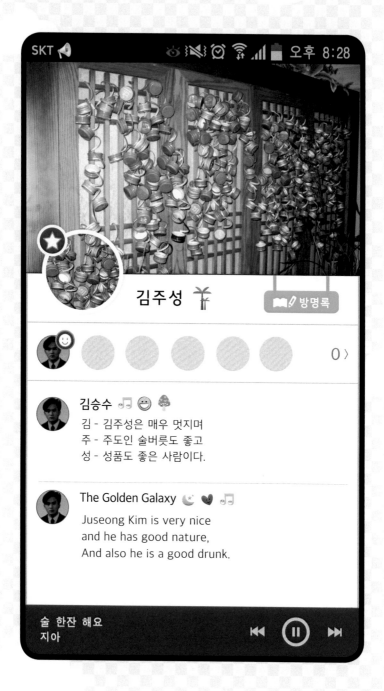

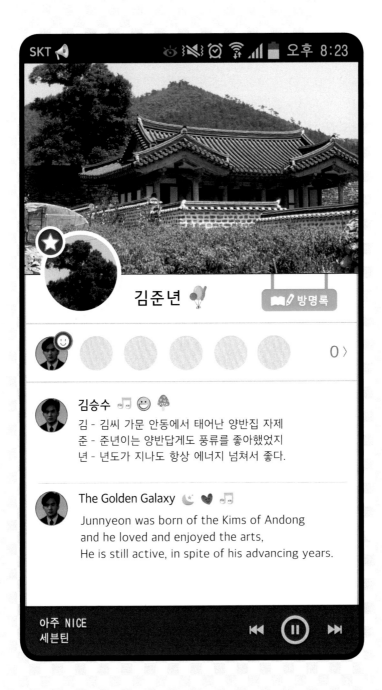

SKT

오후 8:23

김준년 🎈

📖✏ 방명록

😊

0 ›

김승수 🎵 😊 🌳
김 - 김씨 가문 안동에서 태어난 양반집 자제
준 - 준년이는 양반답게도 풍류를 좋아했었지
년 - 년도가 지나도 항상 에너지 넘쳐서 좋다.

The Golden Galaxy 🌙 🖤 🎵
Junnyeon was born of the Kims of Andong
and he loved and enjoyed the arts,
He is still active, in spite of his advancing years.

아주 NICE
세븐틴

⏮ ⏸ ⏭

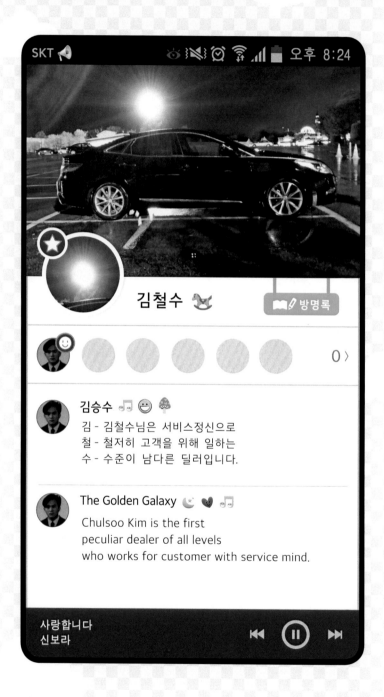

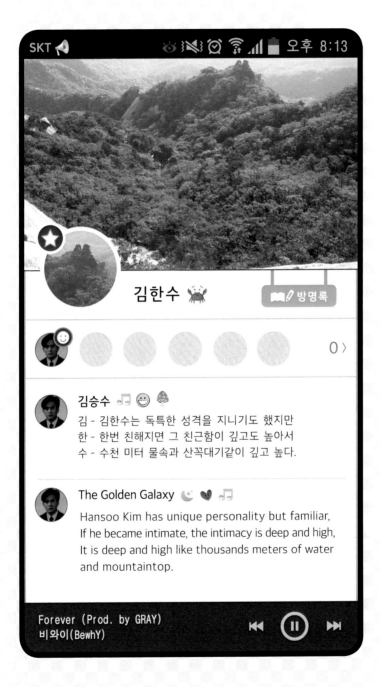

SKT 🔊 👁 🔇 ⏰ 📶 🔋 오후 8:13

김한수 🦀

📖✏ 방명록

☆

😊

0 ›

김승수 🎵 😊 🍄

김 - 김한수는 독특한 성격을 지니기도 했지만
한 - 한번 친해지면 그 친근함이 깊고도 높아서
수 - 수천 미터 물속과 산꼭대기같이 깊고 높다.

The Golden Galaxy 🌙 🖤 🎵

Hansoo Kim has unique personality but familiar,
If he became intimate, the intimacy is deep and high,
It is deep and high like thousands meters of water
and mountaintop.

Forever (Prod. by GRAY)
비와이(BewhY)

⏮ ⏸ ⏭

part 02

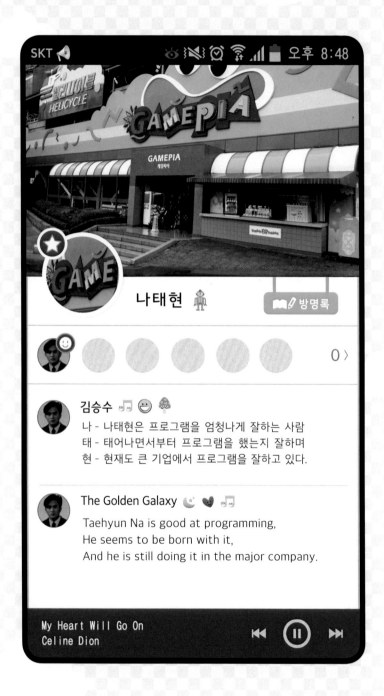

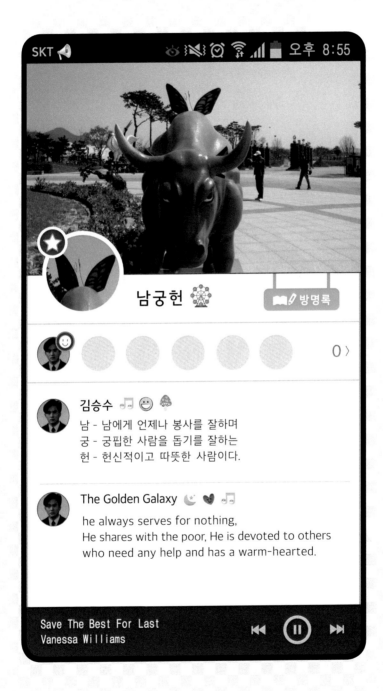

남궁헌 🎡

방명록

0 ›

김승수 🎵 😊 🍄

남 - 남에게 언제나 봉사를 잘하며
궁 - 궁핍한 사람을 돕기를 잘하는
헌 - 헌신적이고 따뜻한 사람이다.

The Golden Galaxy 🌙 🖤 🎵

he always serves for nothing,
He shares with the poor, He is devoted to others
who need any help and has a warm-hearted.

Save The Best For Last
Vanessa Williams

⏮ ⏸ ⏭

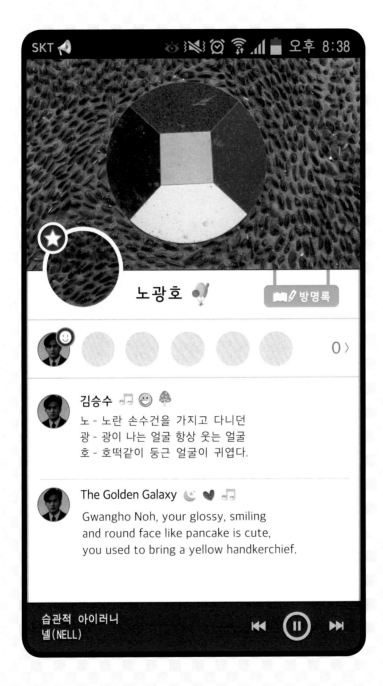

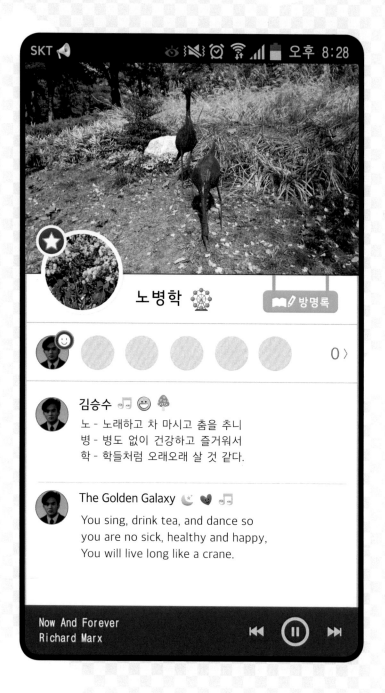

SKT 📢 ⊙ 🔇 ⏰ 📶 📶 🔋 오후 8:28

노병학 🎡

📖✏️방명록

🙂

0 ›

김승수 🎵 😊 🌳
노 - 노래하고 차 마시고 춤을 추니
병 - 병도 없이 건강하고 즐거워서
학 - 학들처럼 오래오래 살 것 같다.

The Golden Galaxy 🌙 💚 🎵

You sing, drink tea, and dance so
you are no sick, healthy and happy,
You will live long like a crane.

Now And Forever
Richard Marx

⏮ ⏸ ⏭

part 03

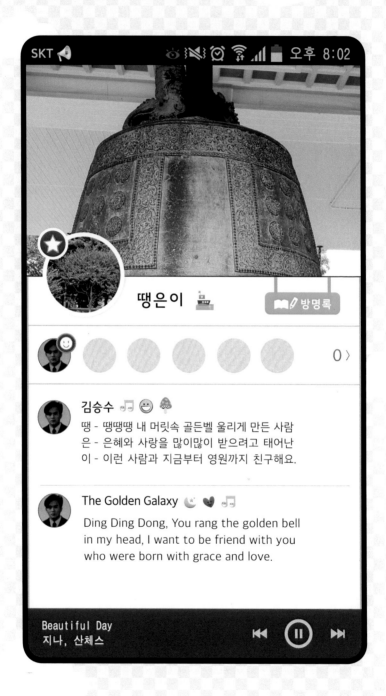

part 04

문병호 🐕

📖✒️ 방명록

김승수 🎵😊🌳

문 - 문득 생각나는 사람이다
병 - 병호는 듬직한 사람이다
호 - 호탕한 성격의 호인이다.

The Golden Galaxy 🌙💜🎵

You come to my mind sometimes,
Byeongho is dependable
and magnanimous.

네 생각
존박

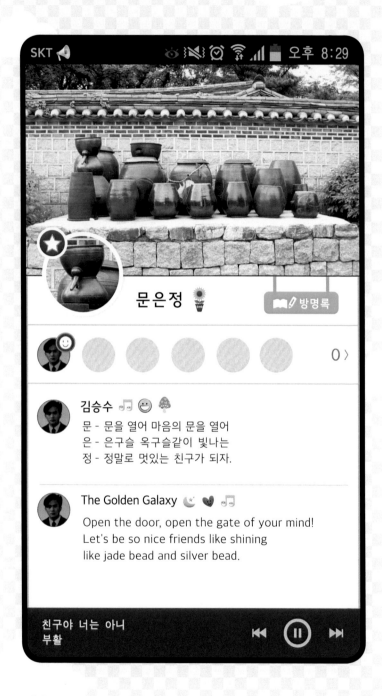

SKT 🔊 　　👁 🔇 ⏰ 📶 📶 🔋 오후 8:29

문은정 🌻　　　　　📖✏️ 방명록

0 ›

김승수 🎵 😊 🌱
문 - 문을 열어 마음의 문을 열어
은 - 은구슬 옥구슬같이 빛나는
정 - 정말로 멋있는 친구가 되자.

The Golden Galaxy 🌙 💜 🎵
Open the door, open the gate of your mind!
Let's be so nice friends like shining
like jade bead and silver bead.

친구야 너는 아니
부활　　　　　⏮️ ⏸️ ⏭️

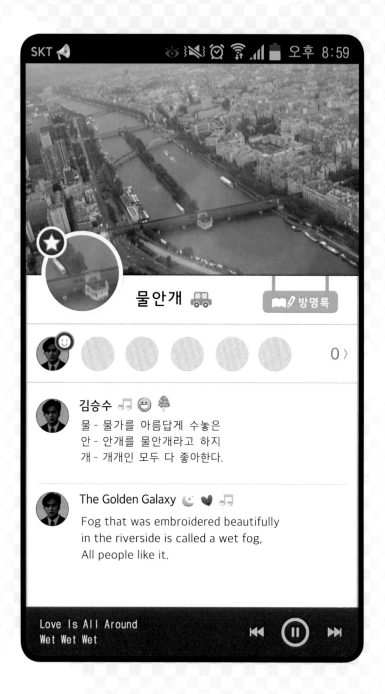

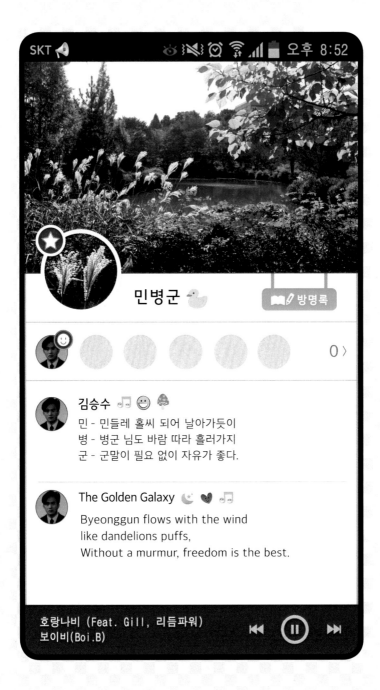

SKT

오후 8:52

민병군 🦆

📖✏ 방명록

0 ›

김승수 🎵 😊 👤

민 - 민들레 홀씨 되어 날아가듯이
병 - 병군 님도 바람 따라 흘러가지
군 - 군말이 필요 없이 자유가 좋다.

The Golden Galaxy 🌙 💕 🎵

Byeonggun flows with the wind
like dandelions puffs,
Without a murmur, freedom is the best.

호랑나비 (Feat. Gill, 리듬파워)
보이비(Boi.B)

⏮ ⏸ ⏭

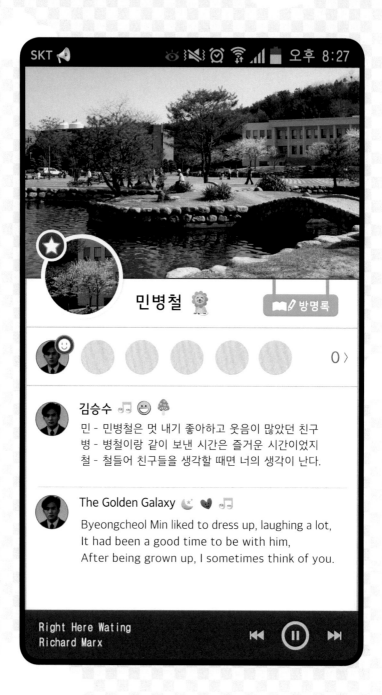

민병철 🦁

📖✎방명록

0 ›

김승수 🎶 😊 🍄
민 - 민병철은 멋 내기 좋아하고 웃음이 많았던 친구
병 - 병철이랑 같이 보낸 시간은 즐거운 시간이었지
철 - 철들어 친구들을 생각할 때면 너의 생각이 난다.

The Golden Galaxy 🌙 💜 🎶

Byeongcheol Min liked to dress up, laughing a lot,
It had been a good time to be with him,
After being grown up, I sometimes think of you.

Right Here Wating
Richard Marx

⏮ ⏸ ⏭

68

민은나 🌴   📖✏ 방명록

😊   0 ›

김승수 🎵 😊 🍄
민 - 민간인인지 연예인인지 구별이 안 가는
은 - 은막의 스타를 많이 닮은 그대의 모습을
나 - 나는 아직도 생생히 기억하고 있습니다.

The Golden Galaxy 🌙 💔 🎵
I couldn't distinguish you from celebrity
because you looked like a star of the silver screen,
I still remember you lively.

Nothing's Gonna Change My Love For You
Glenn Medeiros   ⏮ ⏸ ⏭

내친구
삼행시

part 05

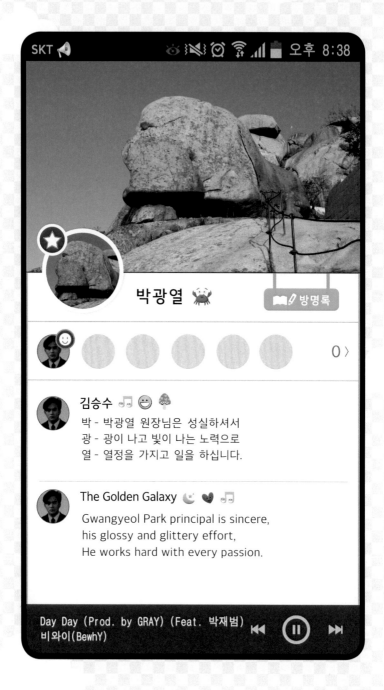

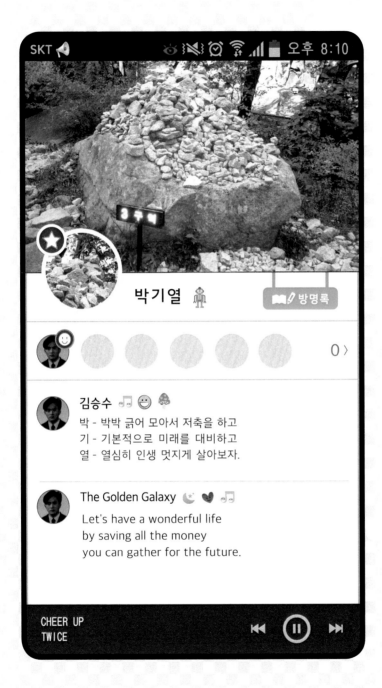

박기열

■✎방명록

0 ›

김승수 🎵 😊 🐚
박 - 박박 긁어 모아서 저축을 하고
기 - 기본적으로 미래를 대비하고
열 - 열심히 인생 멋지게 살아보자.

The Golden Galaxy 🌙 🖤 🎵
Let's have a wonderful life
by saving all the money
you can gather for the future.

CHEER UP
TWICE
⏮ ⏸ ⏭

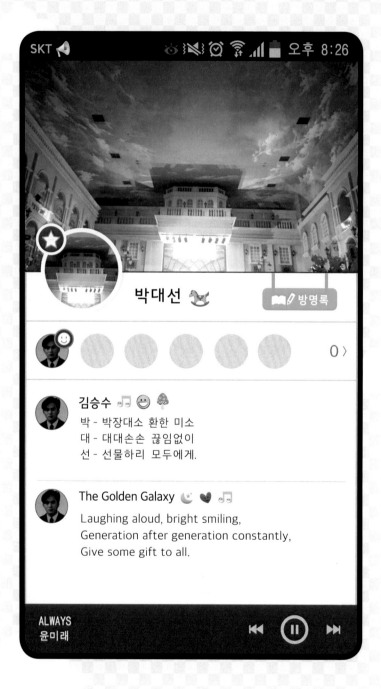

SKT 　　　　　　　오후 8:26

박대선 🐎　　　📖✏방명록

0 ›

김승수 🎵😊🍄
박 - 박장대소 환한 미소
대 - 대대손손 끊임없이
선 - 선물하리 모두에게.

The Golden Galaxy 🌙💜🎵

Laughing aloud, bright smiling,
Generation after generation constantly,
Give some gift to all.

ALWAYS
윤미래

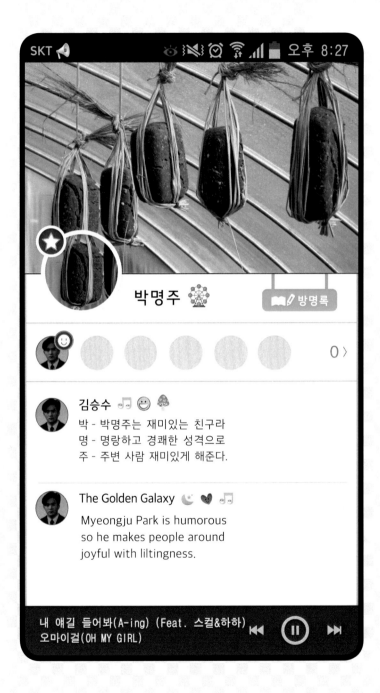

오후 8:27

박명주

📖✎ 방명록

0 ›

김승수 🎵 😊 🍄
박 - 박명주는 재미있는 친구라
명 - 명랑하고 경쾌한 성격으로
주 - 주변 사람 재미있게 해준다.

The Golden Galaxy 🌙 🖤 🎵
Myeongju Park is humorous
so he makes people around
joyful with liltingness.

내 얘길 들어봐(A-ing) (Feat. 스컬&하하)
오마이걸(OH MY GIRL)
⏮ ⏸ ⏭

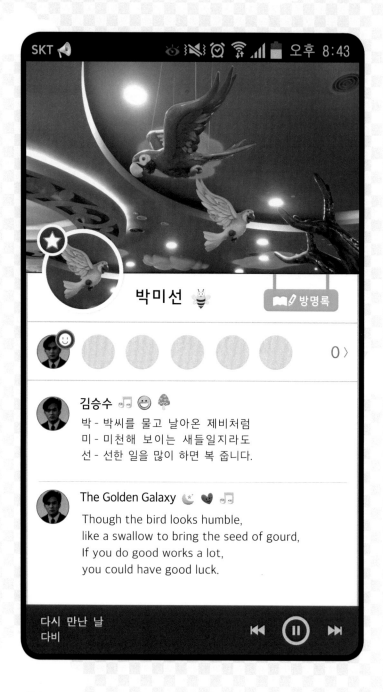

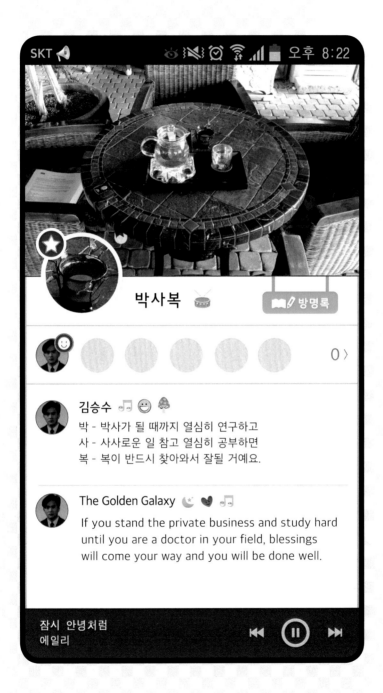

박사복 🥁   📖✏️방명록

0 ›

김승수 🎵 😊 💩
박 - 박사가 될 때까지 열심히 연구하고
사 - 사사로운 일 참고 열심히 공부하면
복 - 복이 반드시 찾아와서 잘될 거예요.

The Golden Galaxy 🌙 🖤 🎵
If you stand the private business and study hard
until you are a doctor in your field, blessings
will come your way and you will be done well.

잠시 안녕처럼
에일리

⏮ ⏸ ⏭

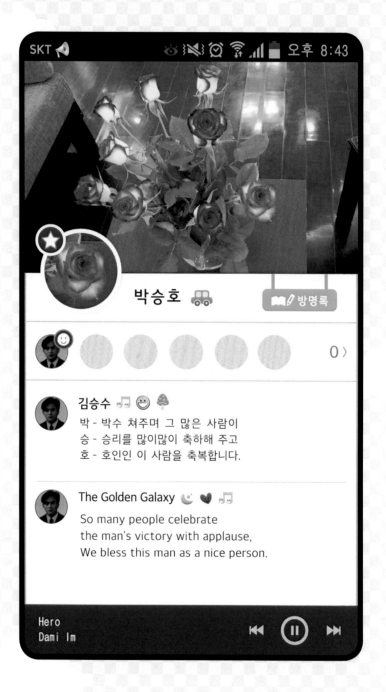

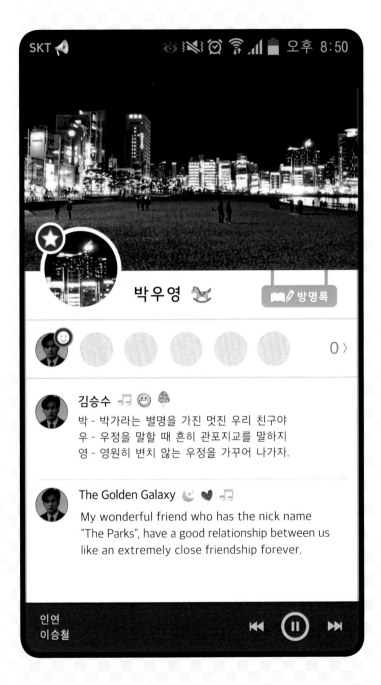

SKT   오후 8:50

박우영 🎠   📖✏️방명록

0 ›

김승수 🎵 😊 🐚
박 - 박가라는 별명을 가진 멋진 우리 친구야
우 - 우정을 말할 때 흔히 관포지교를 말하지
영 - 영원히 변치 않는 우정을 가꾸어 나가자.

The Golden Galaxy 🌙 🖤 🎵
My wonderful friend who has the nick name
"The Parks", have a good relationship between us
like an extremely close friendship forever.

인연
이승철   ⏮️ ⏸️ ⏭️

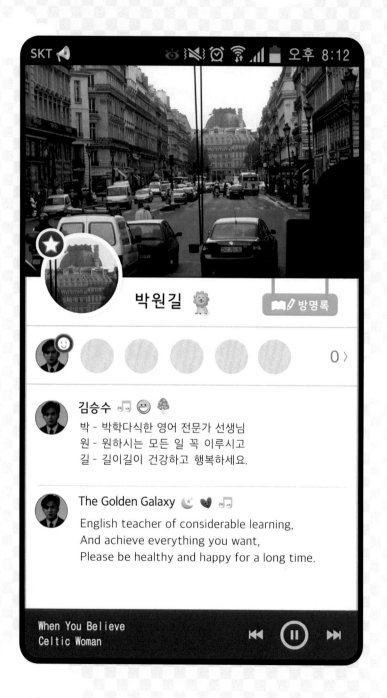

SKT 　　　　　　　　오후 8:12

박원길 🦁　　　📖✏️방명록

0 ›

김승수 🎵 😊 🌳
박 - 박학다식한 영어 전문가 선생님
원 - 원하시는 모든 일 꼭 이루시고
길 - 길이길이 건강하고 행복하세요.

The Golden Galaxy 🌙 💜 🎵

English teacher of considerable learning,
And achieve everything you want,
Please be healthy and happy for a long time.

When You Believe
Celtic Woman
⏮️ ⏸️ ⏭️

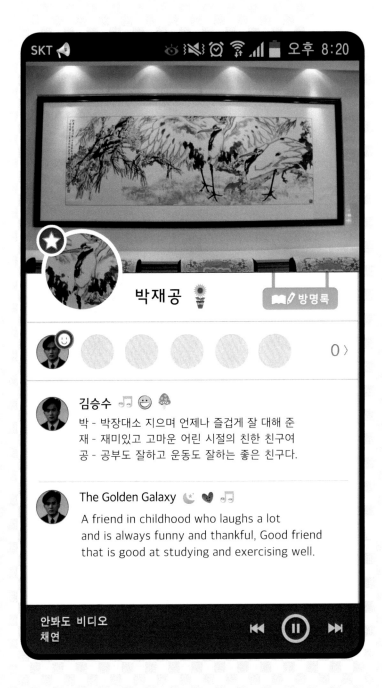

SKT 🔊 👁 🔇 ⏰ 📶 🔋 오후 8:20

박재공 🌻 📖✏️방명록

0 ›

김승수 🎵 😄 🌲

박 - 박장대소 지으며 언제나 즐겁게 잘 대해 준
재 - 재미있고 고마운 어린 시절의 친한 친구여
공 - 공부도 잘하고 운동도 잘하는 좋은 친구다.

The Golden Galaxy 🌙 💜 🎵

A friend in childhood who laughs a lot
and is always funny and thankful, Good friend
that is good at studying and exercising well.

안봐도 비디오
채연
⏮ ⏸ ⏭

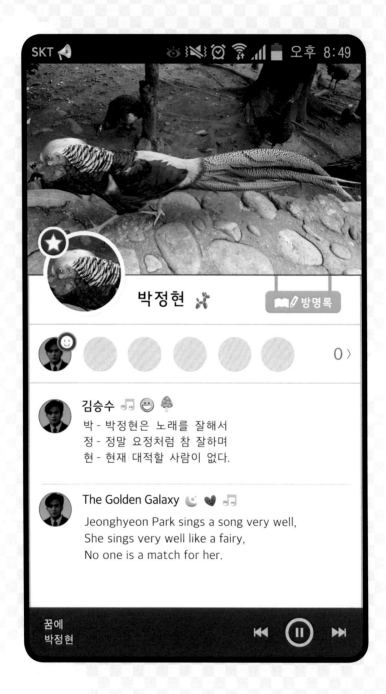

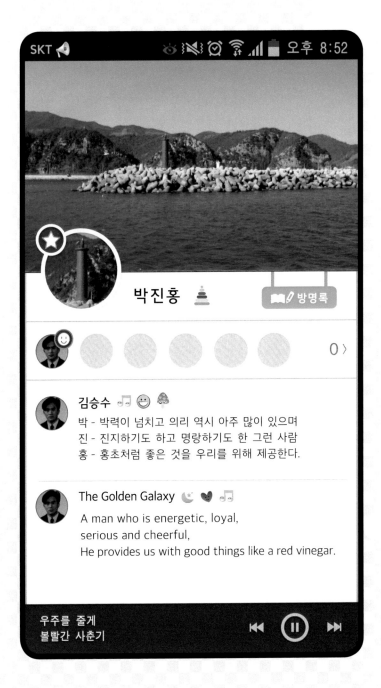

SKT 〈 👁 🔕 ⏰ 📶 🔋 오후 8:52

박진홍 🔺 📖✏ 방명록

0 ›

김승수 🎵 😊 🌰
박 - 박력이 넘치고 의리 역시 아주 많이 있으며
진 - 진지하기도 하고 명랑하기도 한 그런 사람
홍 - 홍초처럼 좋은 것을 우리를 위해 제공한다.

The Golden Galaxy 🌙 💙 🎵
A man who is energetic, loyal,
serious and cheerful,
He provides us with good things like a red vinegar.

우주를 줄게
볼빨간 사춘기   ⏮ ⏸ ⏭

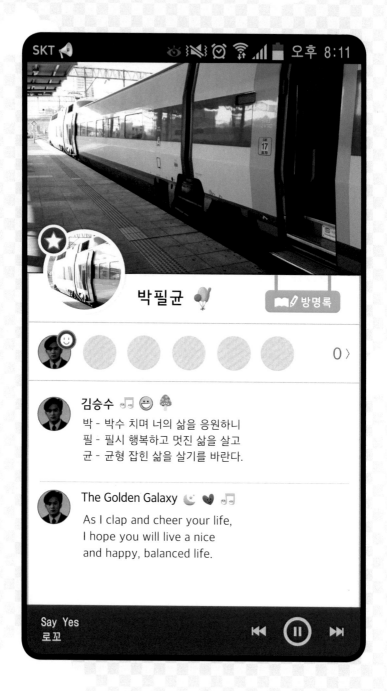

SKT 🔊 👁 🔕 🕐 📶 ▮ 오후 8:13

박한수 🪘

📖✏ 방명록

0 ›

김승수 🎵 😊 🌰

박 - 박하사탕을 아주 많이 좋아했었던 친구
한 - 한없이 원하는 모든 것들 이룰 수 있게
수 - 수많은 하는 일들 다 성공하기를 바란다.

The Golden Galaxy 🌙 💙 🎵

A friend that likes a peppermint candy a lot,
I hope you will succeed
and accomplishment a lot of things you do.

The Time Goes On
비와이(BewhY)   ⏮ ⏸ ⏭

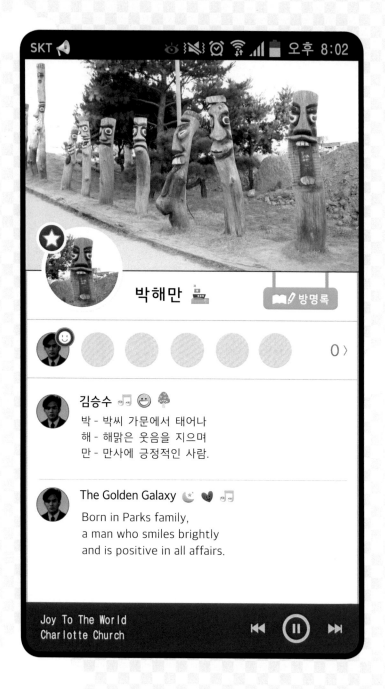

SKT 🔊　　　👁 🔕 ⏰ 📶 ▁▃▅ 🔋　오후 8:37

방성태 🎋　　📖✎ 방명록

0 ›

김승수 🎵 😊 🐚
방 - 방긋방긋 웃는 여유 있는 웃는 모습이
성 - 성공한 사업가의 모습이 보기 좋으며
태 - 태산같이 큰 성공 이루시길 바랍니다.

The Golden Galaxy 🌙 💙 🎵

It is good to look at your leisurely smile
and successful businessman figure,
I wish you will succeed like a big mountain.

같은 시간 속의 너
나얼　　　　　　⏮ ⏸ ⏭

SKT 📢　　　👁 🔇 ⏰ 📶 📶 🔋 오후 8:10

백대식 🦀

📖✏️ 방명록

😊

0 ›

김승수 🎵 😊 🍄

백 - 백성을 사랑하는 그런 마음으로
대 - 대부분을 백성을 위해 헌신하는
식 - 식지 않는 끝없는 사랑 고마워요.

The Golden Galaxy 🌙 💜 🎵

With mind to love people,
thank your warm endless love
to devote yourself to people.

사랑한단 말해줘
엠투엠(M To M)

⏮ ⏸ ⏭

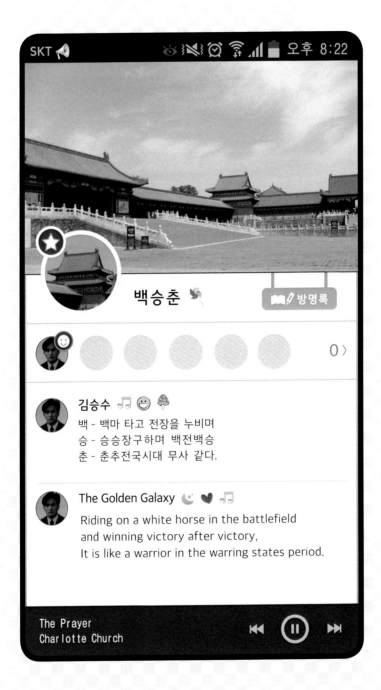

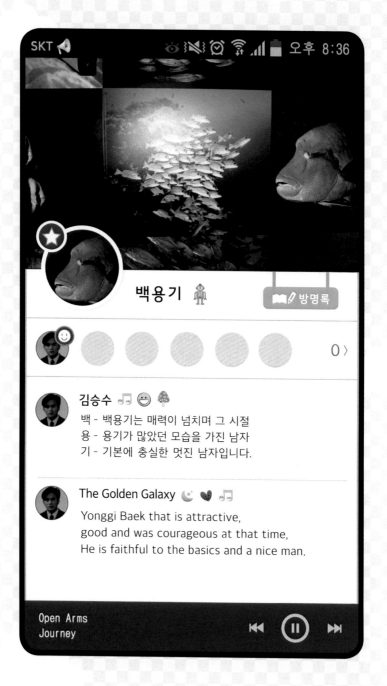

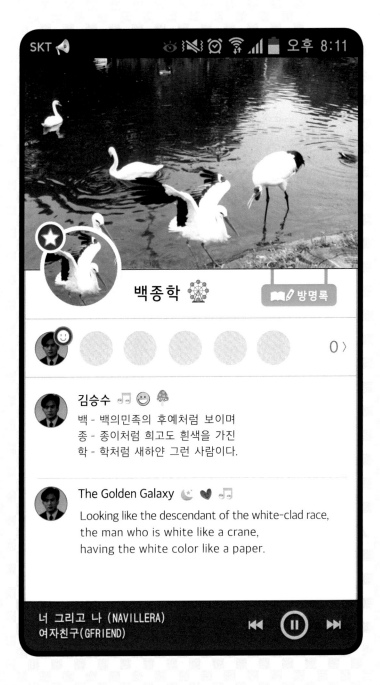

SKT 오후 8:11

백종학 🎡

📖✏ 방명록

0 ›

김승수 🎵 😊 🍙
백 - 백의민족의 후예처럼 보이며
종 - 종이처럼 희고도 흰색을 가진
학 - 학처럼 새하얀 그런 사람이다.

The Golden Galaxy 🌙 🖤 🎵
Looking like the descendant of the white-clad race,
the man who is white like a crane,
having the white color like a paper.

너 그리고 나 (NAVILLERA)
여자친구(GFRIEND)

⏮ ⏸ ⏭

별별별 🐴 📖✏️방명록

0 ›

김승수 🎵 😊 🌳
별 – 별 중에는 밤하늘 밝게 비추는 전구 같은 별도 있고
별 – 별 중에는 길을 알려주는 나침반 같은 별도 있지만
별 – 별 중에서 가장 아름다운 별은 바로 그대라는 별.

The Golden Galaxy 🌙 💙 🎵
Some stars would light up a night sky among stars,
others are like a compass to guide the way,
the most beautiful star of them is you, star.

밤하늘의 별을
양정승

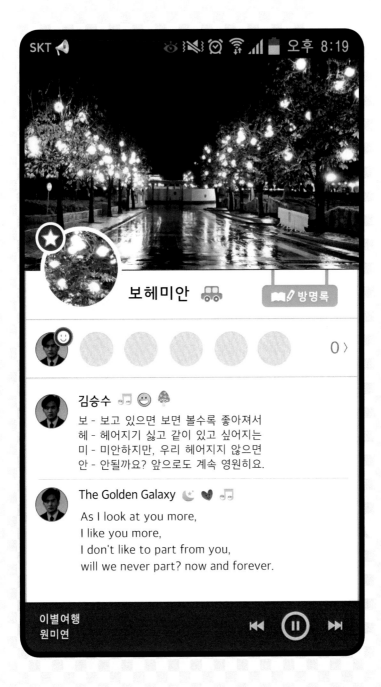

보헤미안 🚙 📖✏️방명록

0 ›

김승수 🎵 😊 🍄
보 - 보고 있으면 보면 볼수록 좋아져서
헤 - 헤어지기 싫고 같이 있고 싶어지는
미 - 미안하지만, 우리 헤어지지 않으면
안 - 안될까요? 앞으로도 계속 영원히요.

The Golden Galaxy 🌙 🖤 🎵

As I look at you more,
I like you more,
I don't like to part from you,
will we never part? now and forever.

이별여행
원미연

⏮ ⏸ ⏭

내친구
삼행시

入

part 06

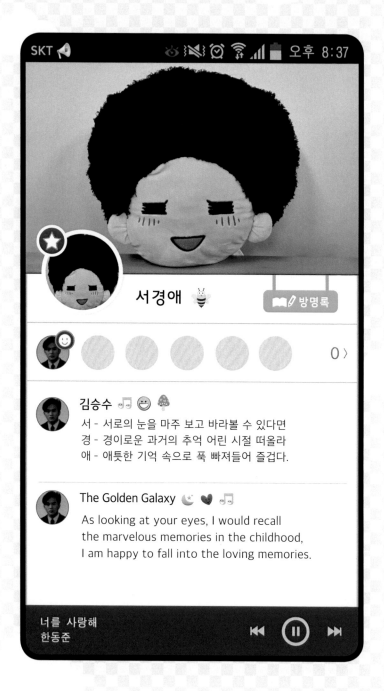

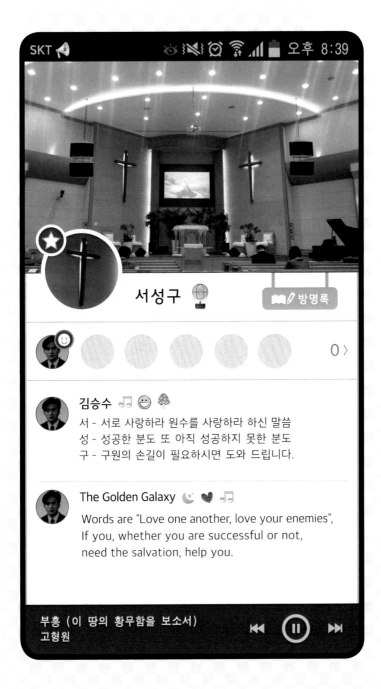

김승수

서 - 서로 사랑하라 원수를 사랑하라 하신 말씀
성 - 성공한 분도 또 아직 성공하지 못한 분도
구 - 구원의 손길이 필요하시면 도와 드립니다.

The Golden Galaxy

Words are "Love one another, love your enemies",
If you, whether you are successful or not,
need the salvation, help you.

부흥 (이 땅의 황무함을 보소서)
고형원

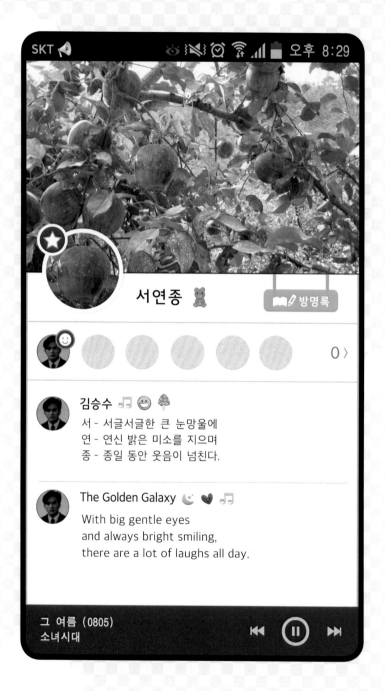

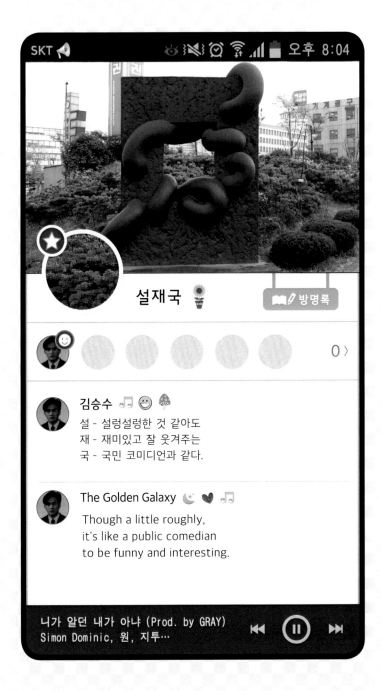

설재국 🌻

📖✏ 방명록

0 ›

김승수 🎵😊🌳
설 - 설렁설렁한 것 같아도
재 - 재미있고 잘 웃겨주는
국 - 국민 코미디언과 같다.

The Golden Galaxy 🌙🖤🎵

Though a little roughly,
it's like a public comedian
to be funny and interesting.

니가 알던 내가 아냐 (Prod. by GRAY)
Simon Dominic, 원, 지투...

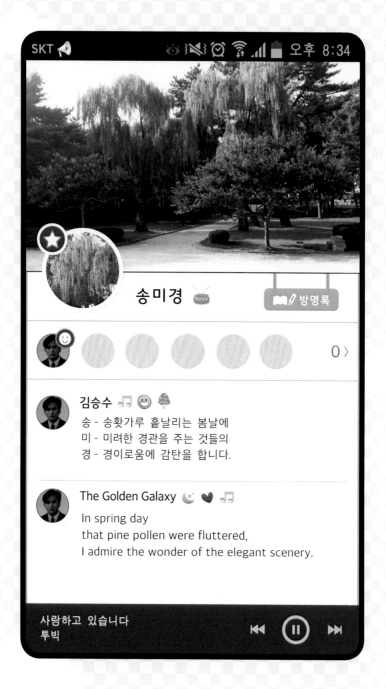

SKT

오후 8:43

송성길 🦆

📖✏️방명록

0 ⟩

김승수 🎵😄🎍
송 - 송성길 친구는 비행기 조종사
성 - 성공한 모습이 보기가 좋고
길 - 길게 멋진 모습을 보고 싶다.

The Golden Galaxy 🌙💙🎵

Seonggil Song flies an airplane,
it's good for him to succeed,
I want you to succeed for a long time.

One Way Ticket
Boney M

⏮ ⏸ ⏭

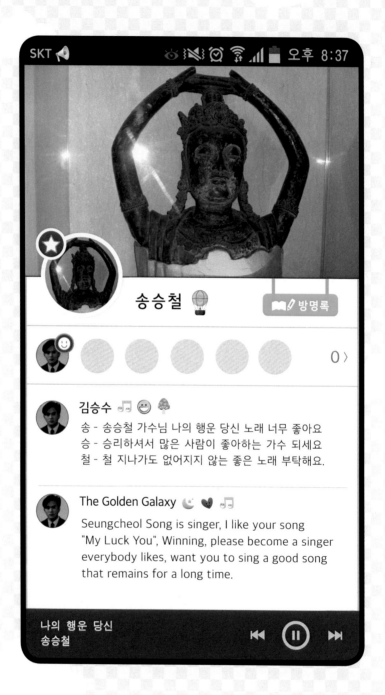

SKT 📢 👁 🔕 ⏰ 📶 🔋 오후 8:37

송승철 🎈

📖✏ 방명록

😊 ○ ○ ○ ○ ○ 0 ›

김승수 🎵 😊 🌲

송 - 송승철 가수님 나의 행운 당신 노래 너무 좋아요
승 - 승리하셔서 많은 사람이 좋아하는 가수 되세요
철 - 철 지나가도 없어지지 않는 좋은 노래 부탁해요.

The Golden Galaxy 🌙 💙 🎵

Seungcheol Song is singer, I like your song
"My Luck You", Winning, please become a singer
everybody likes, want you to sing a good song
that remains for a long time.

나의 행운 당신
송승철   ⏮ ⏸ ⏭

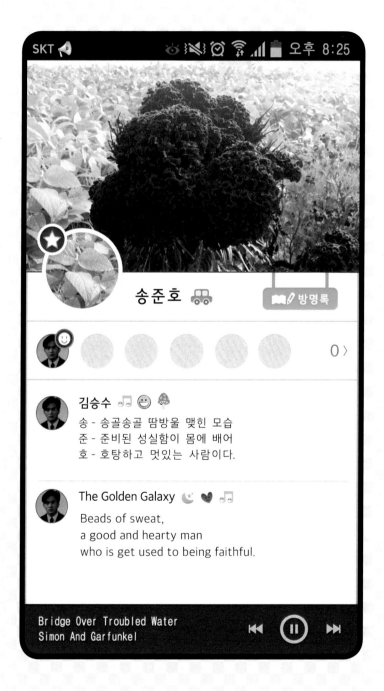

송준호 🚗 📖✏ 방명록

😊

0 〉

김승수 🎵 😊 🐚
송 - 송골송골 땀방울 맺힌 모습
준 - 준비된 성실함이 몸에 배어
호 - 호탕하고 멋있는 사람이다.

The Golden Galaxy 🌙 🖤 🎵
Beads of sweat,
a good and hearty man
who is get used to being faithful.

Bridge Over Troubled Water
Simon And Garfunkel
⏮ ⏸ ⏭

SKT 🔊 👁 🔕 ⏰ 📶 ⚡ 오후 8:01

송하나 🐻 📖✏️방명록

😊

0 ›

김승수 🎵 😊 🌳
송 - 송하나 님은 노래도 잘하고 무대 장악력도 좋으며
하 - 하나 님은 노래, 성격, 인물, 안무, 효녀 모두 되셔서
나 - 나는 이런 차세대의 스타가 될 하나님의 팬입니다.

The Golden Galaxy 🌙 💚 🎵
Hana Song sings very well and has stage presence,
Hana has a song, personality, good look, dance,
devoted daughter, I am a fan of Hana to become
a star of the new generation.

별이여 달이여
송하나
⏮ ⏸ ⏭

SKT

☽ ⭗ ☒ ⏰ 📶 📶 오후 8:38

시와수필 🎐

📖✏ 방명록

0 ›

김승수 🎵 😊 🌰

시 - 시는 우리에게 마음의 안식을 주기에
와 - 와신상담하는 와중에도 시가 좋으며
수 - 수많은 사람이 시로 마음의 안식을
필 - 필요로 하므로 좋은 시 계속 써주세요.

The Golden Galaxy 🌙 💙 🎵

Poem gives us the rest in mind,
Though persevering, poem is better,
As many people need rest in mind,
please write a lot of good poems.

아름다워 (Feat. Zico)
씨잼(Cjamm)

⏮ ⏸ ⏭

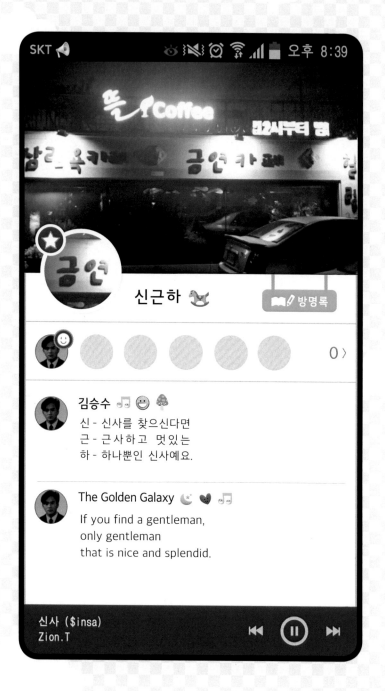

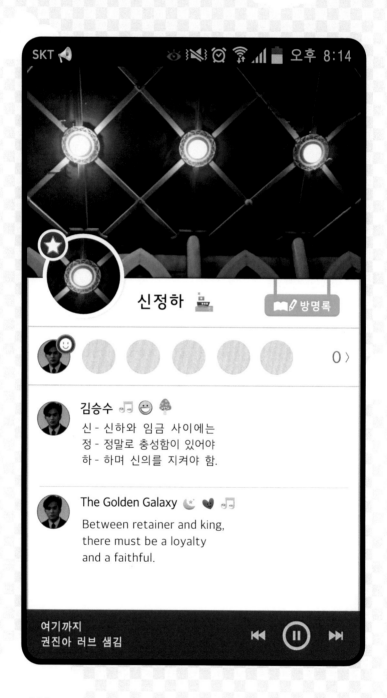

신정하

김승수
신 – 신하와 임금 사이에는
정 – 정말로 충성함이 있어야
하 – 하며 신의를 지켜야 함.

The Golden Galaxy
Between retainer and king,
there must be a loyalty
and a faithful.

여기까지
권진아 러브 샘김

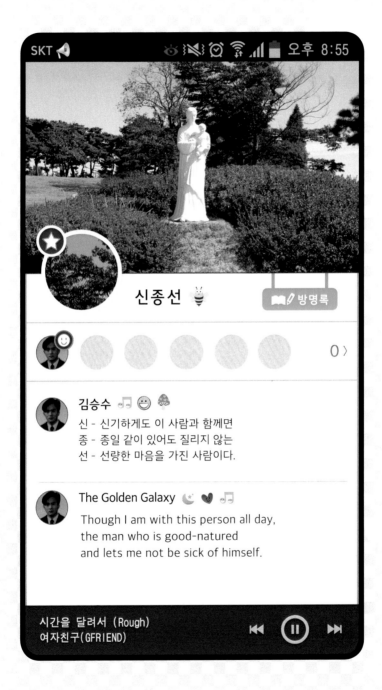

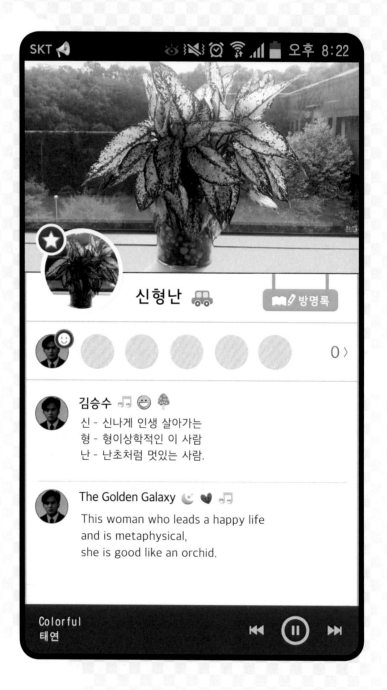

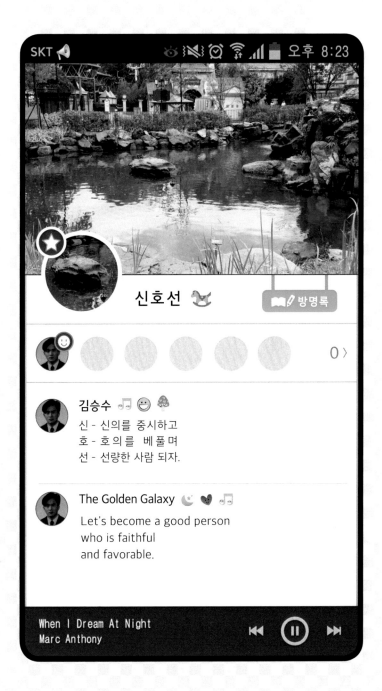

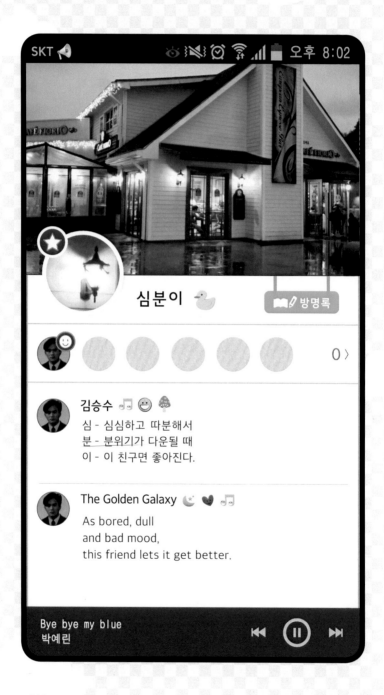

심은영 🎈

📖✏️ 방명록

0 ›

김승수 🎵😊🐚
심 - 심심할 때는 노래를 크게 불러봐요
은 - 은구슬 옥구슬 굴러가는 목소리로
영 - 영원히 아름다운 노래를 불러봐요.

The Golden Galaxy 🌙💔🎵
Sing a song aloud when you are bored,
with voice like jade beads and silver beads,
sing a beautiful song forever.

그녀가 처음 울던 날
김광석

⏮ ⏸ ⏭

내친구
삼행시

part 07

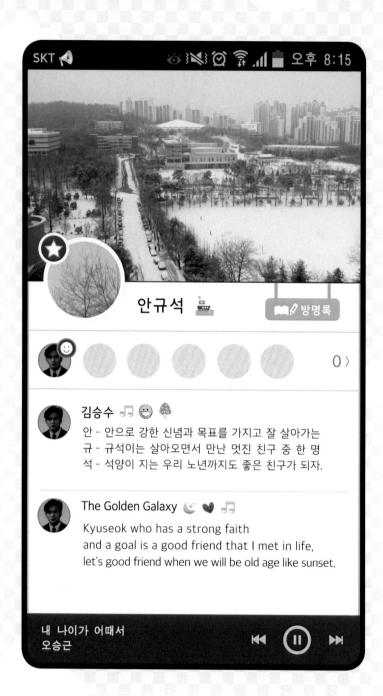

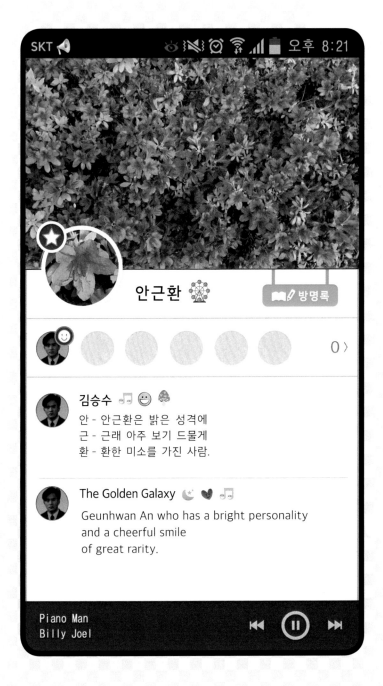

SKT

오후 8:21

안근환 🎡

📖✏️ 방명록

0 ›

김승수 🎵 😊 ♻️
안 - 안근환은 밝은 성격에
근 - 근래 아주 보기 드물게
환 - 환한 미소를 가진 사람.

The Golden Galaxy 🌙 🖤 🎵
Geunhwan An who has a bright personality
and a cheerful smile
of great rarity.

Piano Man
Billy Joel

⏮ ⏸ ⏭

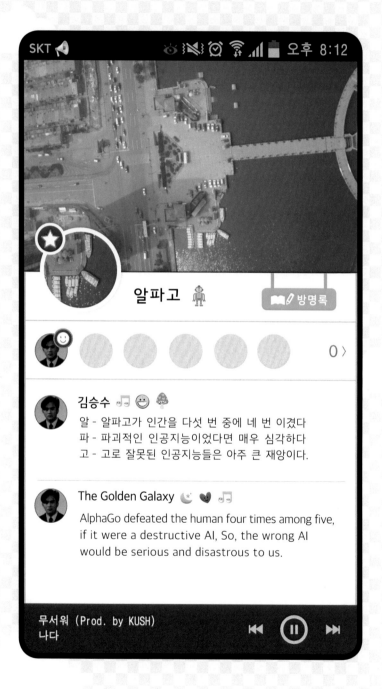

알파고 🤖

📖✏️방명록

0 ›

김승수 🎵😊🌳
알 - 알파고가 인간을 다섯 번 중에 네 번 이겼다
파 - 파괴적인 인공지능이었다면 매우 심각하다
고 - 고로 잘못된 인공지능들은 아주 큰 재앙이다.

The Golden Galaxy 🌙💗🎵
AlphaGo defeated the human four times among five,
if it were a destructive AI, So, the wrong AI
would be serious and disastrous to us.

무서워 (Prod. by KUSH)
나다

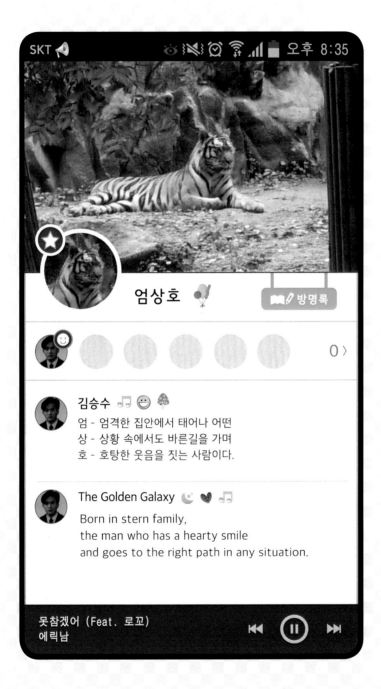

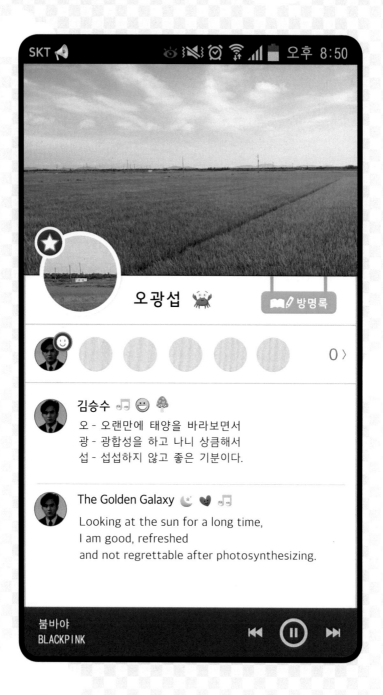

SKT 📢 👁 🔕 ⏰ 📶 🔋 오후 8:50

오광섭 🦀 📖✏ 방명록

😊 0 ›

김승수 🎵 😊 🌳
오 - 오랜만에 태양을 바라보면서
광 - 광합성을 하고 나니 상큼해서
섭 - 섭섭하지 않고 좋은 기분이다.

The Golden Galaxy 🌙 🖤 😗 🎵

Looking at the sun for a long time,
I am good, refreshed
and not regrettable after photosynthesizing.

붐바야
BLACKPINK ⏮ ⏸ ⏭

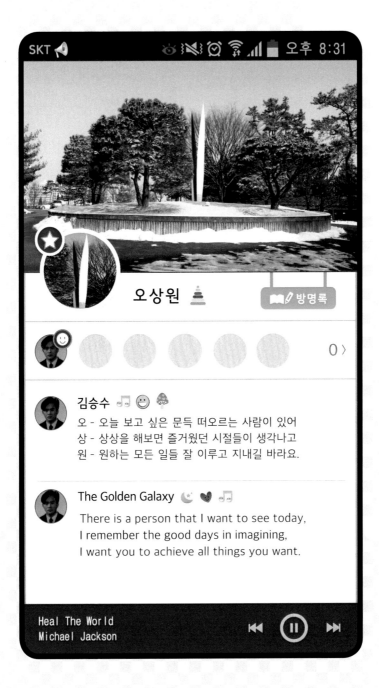

SKT 오후 8:31

오상원

📖✏방명록

0 〉

김승수 🎵 😊 🐚

오 - 오늘 보고 싶은 문득 떠오르는 사람이 있어
상 - 상상을 해보면 즐거웠던 시절들이 생각나고
원 - 원하는 모든 일들 잘 이루고 지내길 바라요.

The Golden Galaxy 🌙 🖤 🎵

There is a person that I want to see today,
I remember the good days in imagining,
I want you to achieve all things you want.

Heal The World
Michael Jackson

⏮ ⏸ ⏭

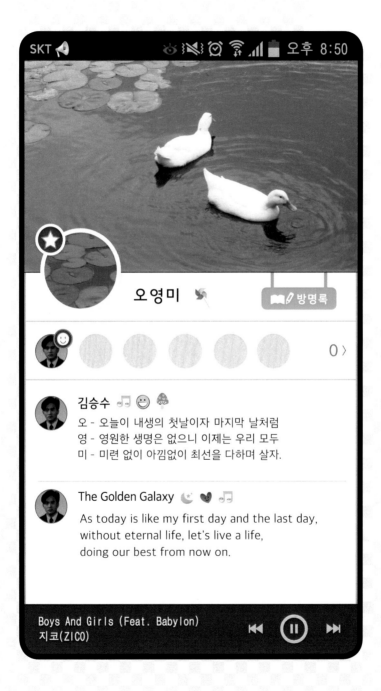

오영미 🌸

📖✏️ 방명록

0 ›

김승수 🎵 😊 🍃
오 - 오늘이 내생의 첫날이자 마지막 날처럼
영 - 영원한 생명은 없으니 이제는 우리 모두
미 - 미련 없이 아낌없이 최선을 다하며 살자.

The Golden Galaxy 🌙 🖤 🎵
As today is like my first day and the last day,
without eternal life, let's live a life,
doing our best from now on.

Boys And Girls (Feat. Babylon)
지코(ZICO)

⏮ ⏸ ⏭

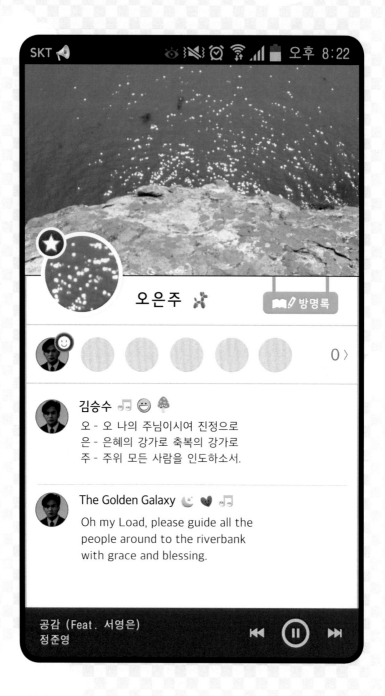

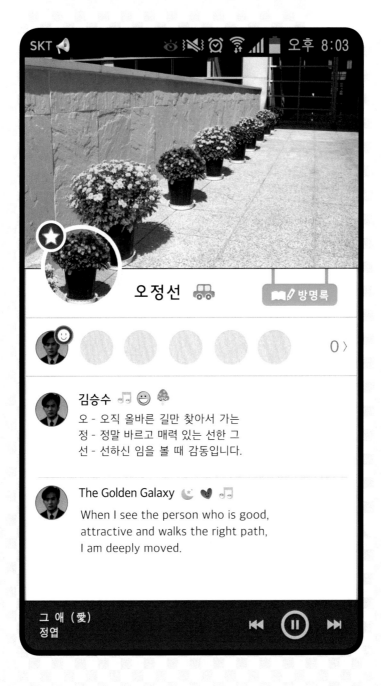

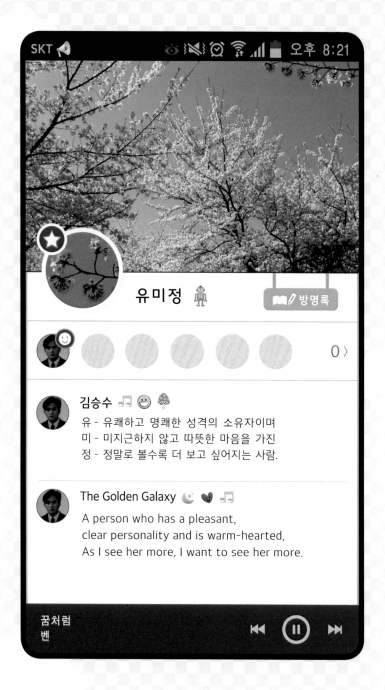

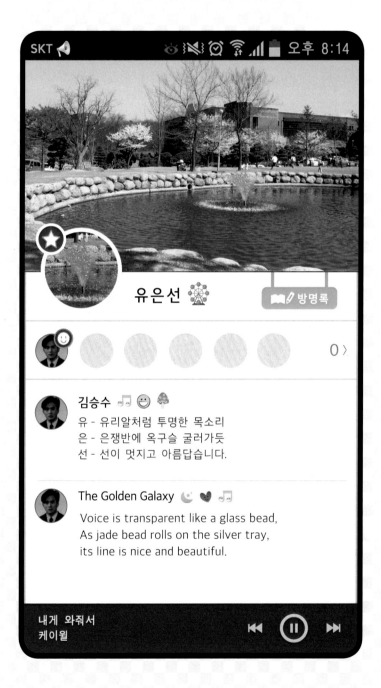

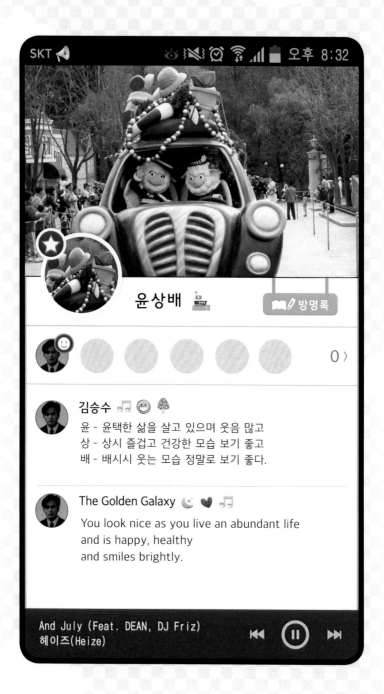

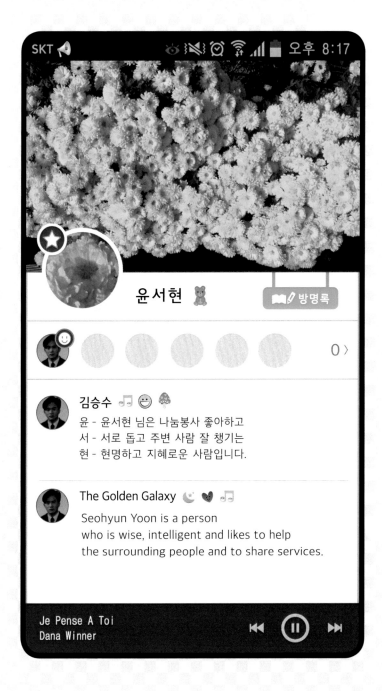

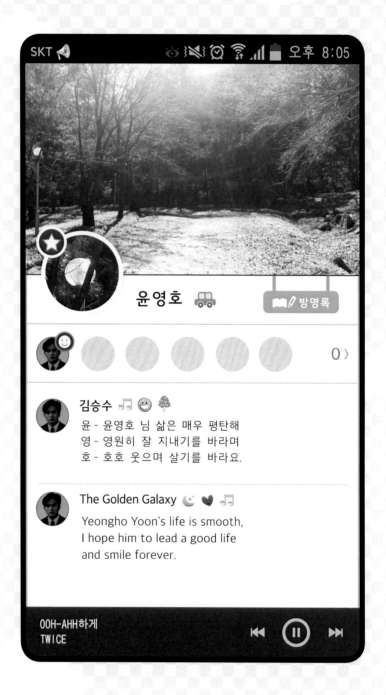

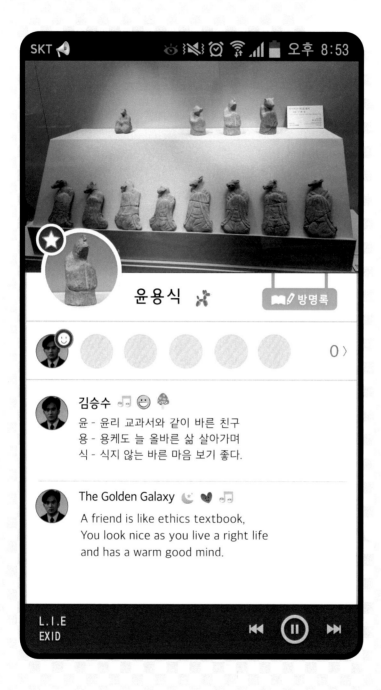

SKT 　　　　　👁 🔕 ⏰ 🛜 📶 🔋　오후 8:53

윤용식 🎈　　　📖✏ 방명록

O ›

김승수 🎵 😊 🍧
윤 - 윤리 교과서와 같이 바른 친구
용 - 용케도 늘 올바른 삶 살아가며
식 - 식지 않는 바른 마음 보기 좋다.

The Golden Galaxy 🌙 💜 🎶
A friend is like ethics textbook,
You look nice as you live a right life
and has a warm good mind.

L.I.E
EXID　　　　　　　⏮ ⏸ ⏭

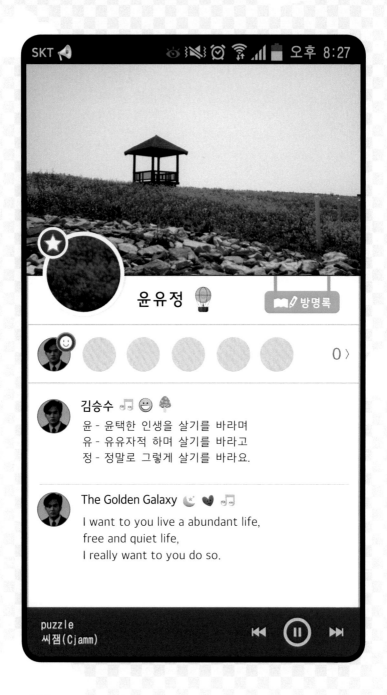

SKT 🔊 　　　👁 🔕 ⏰ 📶 📶 🔋 오후 8:28

윤인정 🦁　　　📖✍ 방명록

😊　　　　　　　　　　　　　　　0 ›

김승수 🎵 😊 🐚
윤 - 윤이 나고 빛이 나는 보석처럼 매력적인 사람
인 - 인생의 길목에서 그대를 만났던 건 행운이며
정 - 정말로 그대를 만나게 해준 그분께 감사해요.

The Golden Galaxy 🌙 🖤 🎵
A person is attractive like a jewelry
with glossy and glittery,
it's a good luck to met you in the life,
I appreciate the God for doing so.

You Needed Me
Anne Murray　　　　　　⏮ ⏸ ⏭

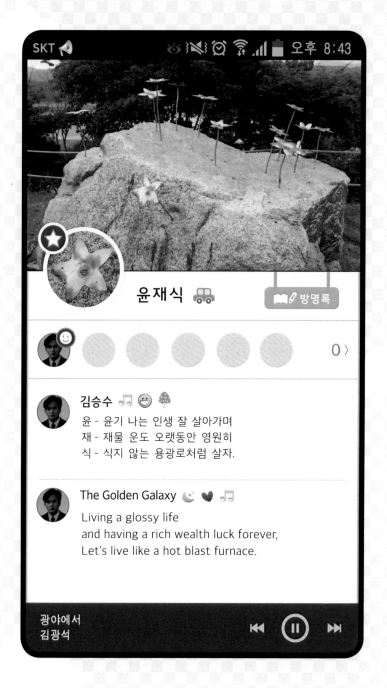

SKT

오후 8:23

이경순 🎈

📖✏️방명록

O ›

김승수 🎵 😊 🍡
이 - 이런 일 저런 일들에 대하여는
경 - 경험이 많으며 행동도 잘하는
순 - 순하고 착한 아이로 기억된다.

The Golden Galaxy 🌙 🖤 🎵
Being remembered as a good child
that has a lot of experience and behaves well,
as for this and that business.

Woman In Love
Dana Winner

⏮ ⏸ ⏭

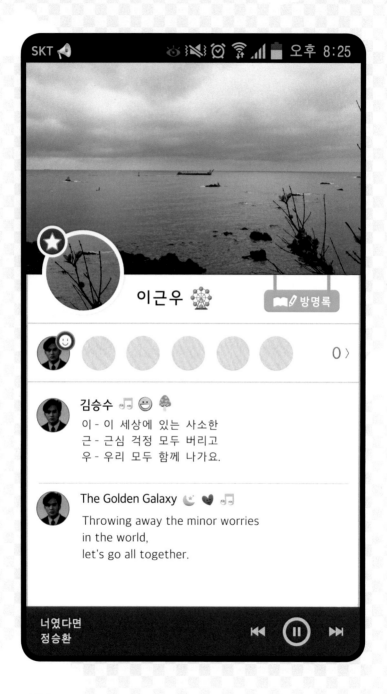

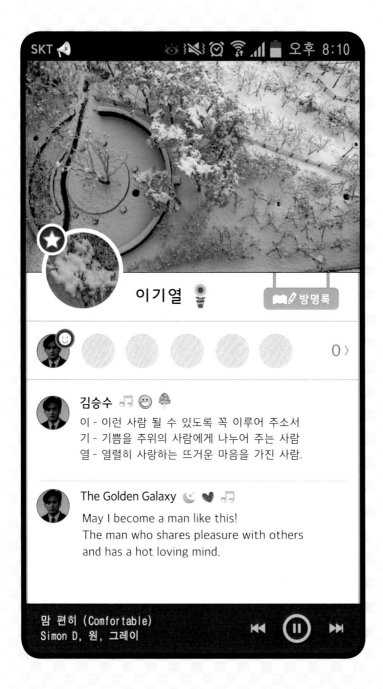

SKT

👁 🔇 ⏰ 📶 📶 🔋 오후 8:10

이기열 🌱

📖✏ 방명록

0 ›

김승수 🎵 😊 🐚

이 - 이런 사람 될 수 있도록 꼭 이루어 주소서
기 - 기쁨을 주위의 사람에게 나누어 주는 사람
열 - 열렬히 사랑하는 뜨거운 마음을 가진 사람.

The Golden Galaxy 🌙 🖤 🎵

May I become a man like this!
The man who shares pleasure with others
and has a hot loving mind.

맘 편히 (Comfortable)
Simon D, 원, 그레이

⏮ ⏸ ⏭

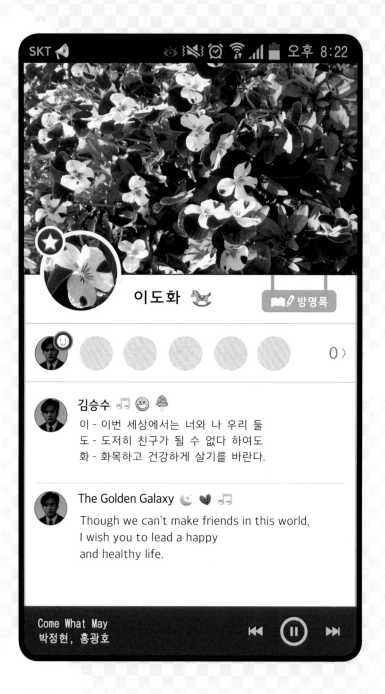

김승수 🎵 😊 🍙

이 - 이런 사람은 정말로 멋진 사람이라서
동 - 동생이지만 형처럼 넓은 마음 써주고
명 - 명랑한 모습으로서 항상 즐거운 사람.

The Golden Galaxy 🌙 💜 🎵

This man is nice like this, the man,
despite the younger brother,
who has a broad mind like the elder brother
and cheerful, pleasant.

You Light Up My Life
LeAnn Rimes

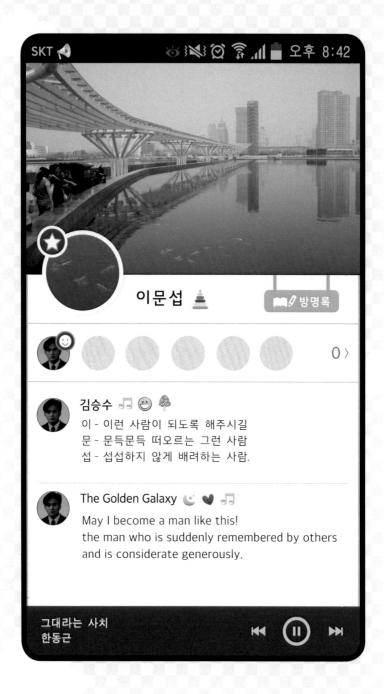

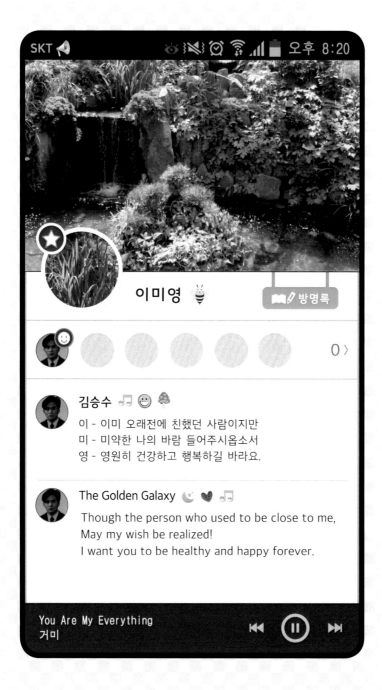

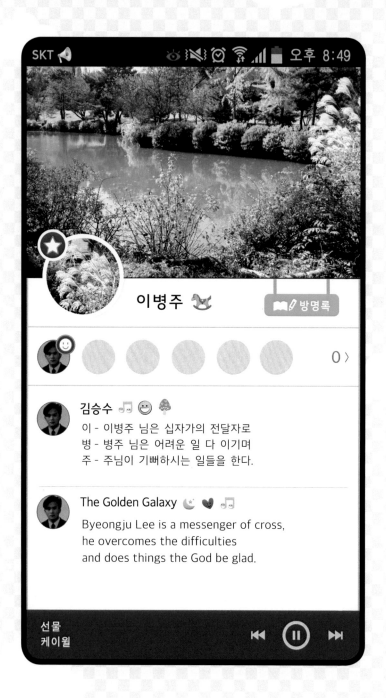

이병주 🎠

📖✏️방명록

0 ›

김승수 🎵 😊 🌳

이 - 이병주 님은 십자가의 전달자로
병 - 병주 님은 어려운 일 다 이기며
주 - 주님이 기뻐하시는 일들을 한다.

The Golden Galaxy 🌙 🖤 🎵

Byeongju Lee is a messenger of cross,
he overcomes the difficulties
and does things the God be glad.

선물
케이윌

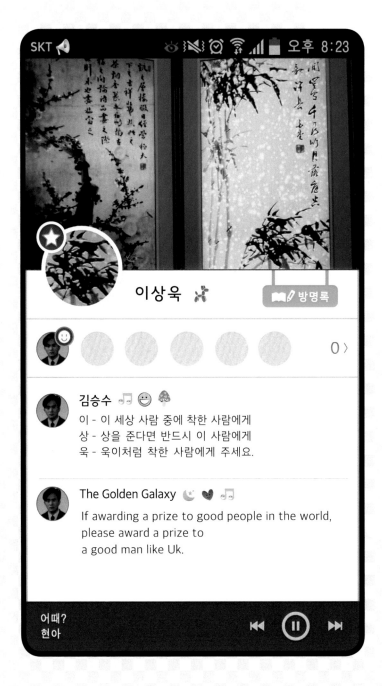

김승수 🎵 😊 🐚

이 - 이 세상 사람 중에 착한 사람에게
상 - 상을 준다면 반드시 이 사람에게
욱 - 욱이처럼 착한 사람에게 주세요.

The Golden Galaxy 🌙 🖤 🎵

If awarding a prize to good people in the world,
please award a prize to
a good man like Uk.

어때?
현아

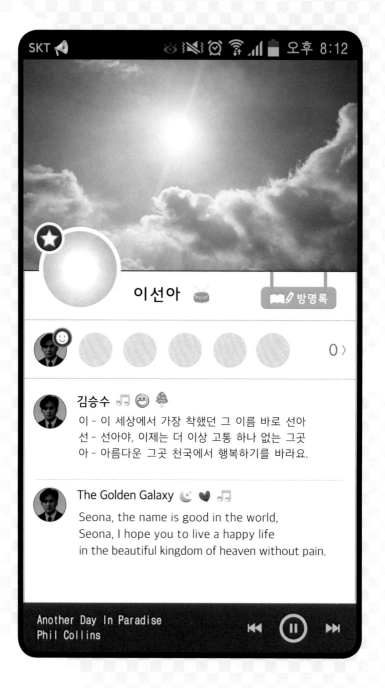

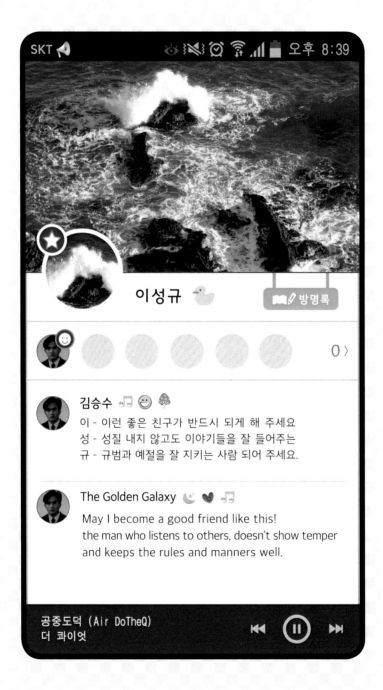

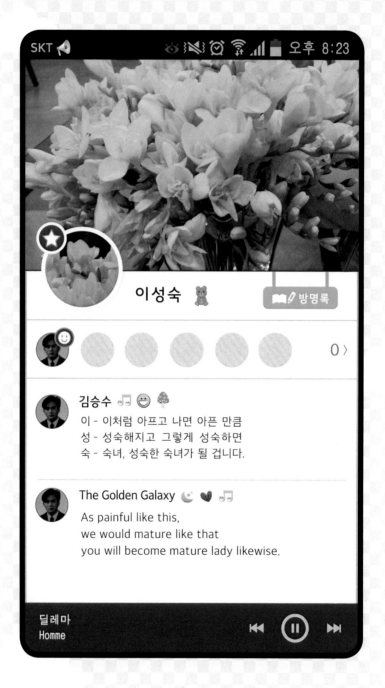

⭐

이성숙 🐻 📖✏️방명록

😊 0 ›

김승수 🎵 😊 🍄
이 - 이처럼 아프고 나면 아픈 만큼
성 - 성숙해지고 그렇게 성숙하면
숙 - 숙녀, 성숙한 숙녀가 될 겁니다.

The Golden Galaxy 🌙 🖤 🎵
As painful like this,
we would mature like that
you will become mature lady likewise.

딜레마
Homme ⏮ ⏸ ⏭

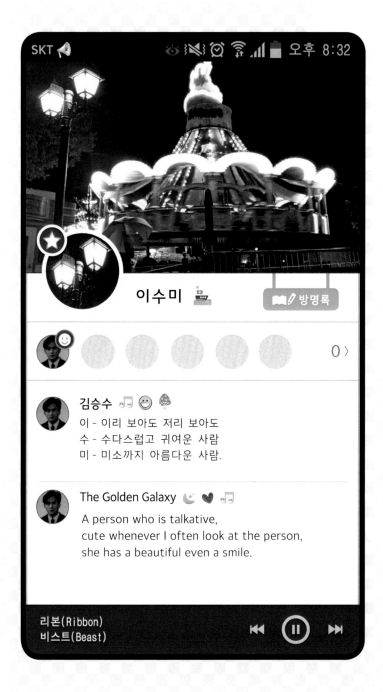

이수미

김승수
이 - 이리 보아도 저리 보아도
수 - 수다스럽고 귀여운 사람
미 - 미소까지 아름다운 사람.

The Golden Galaxy
A person who is talkative,
cute whenever I often look at the person,
she has a beautiful even a smile.

리본(Ribbon)
비스트(Beast)

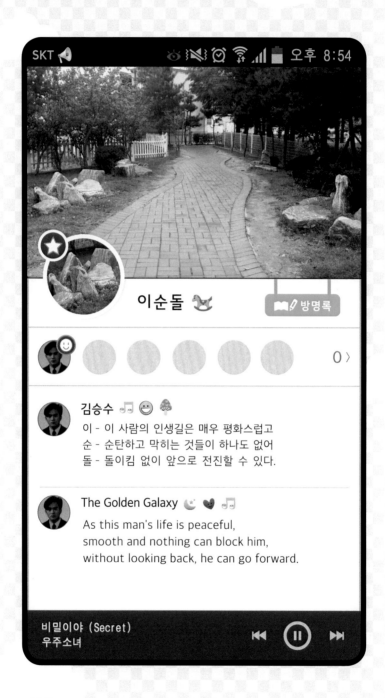

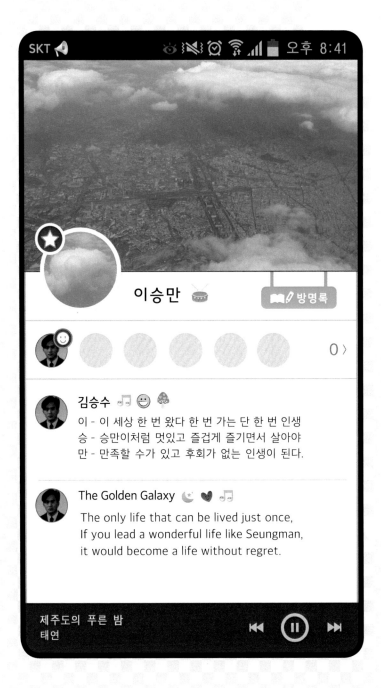

오후 8:41

이승만 🥁

📖✏️ 방명록

0 ›

김승수 🎵 😊 🌰

이 - 이 세상 한 번 왔다 한 번 가는 단 한 번 인생
승 - 승만이처럼 멋있고 즐겁게 즐기면서 살아야
만 - 만족할 수가 있고 후회가 없는 인생이 된다.

The Golden Galaxy 🌙 💜 🎵

The only life that can be lived just once,
If you lead a wonderful life like Seungman,
it would become a life without regret.

제주도의 푸른 밤
태연

⏮️ ⏸️ ⏭️

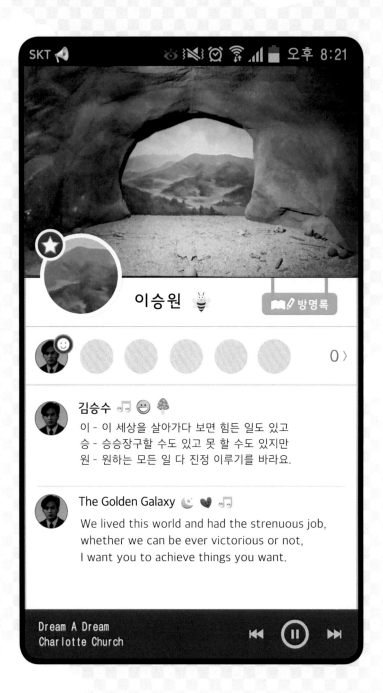

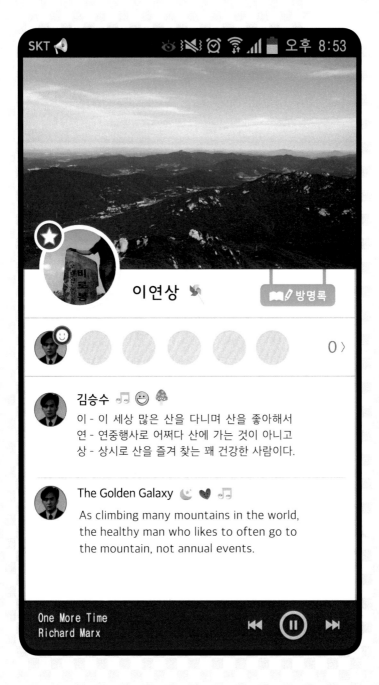

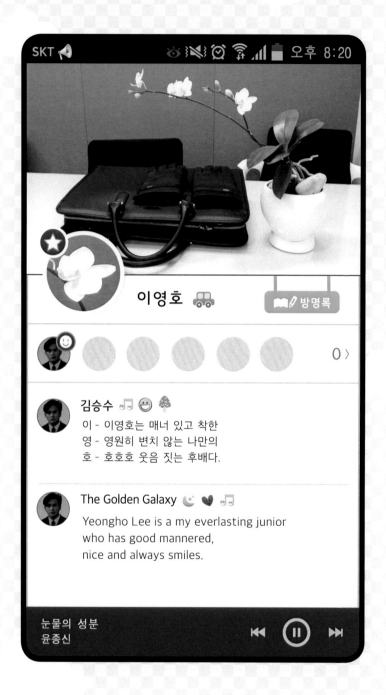

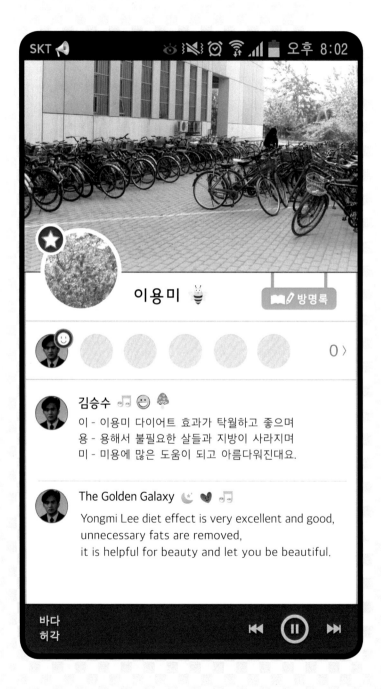

SKT 📢 👁 🔕 ⏰ 🔋 오후 8:02

이용미 🐝

📖✏️방명록

0 ›

김승수 🎵 😃 🐚

이 - 이용미 다이어트 효과가 탁월하고 좋으며
용 - 용해서 불필요한 살들과 지방이 사라지며
미 - 미용에 많은 도움이 되고 아름다워진대요.

The Golden Galaxy 🌙 🖤 🎵

Yongmi Lee diet effect is very excellent and good,
unnecessary fats are removed,
it is helpful for beauty and let you be beautiful.

바다
허각

⏮ ⏸ ⏭

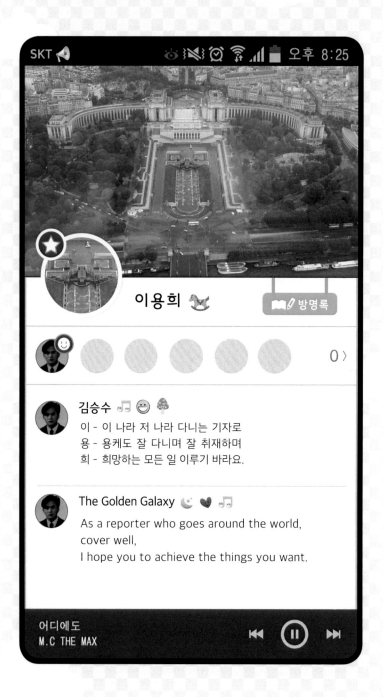

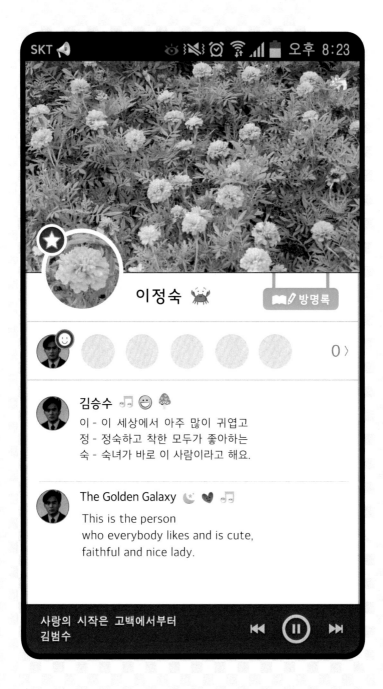

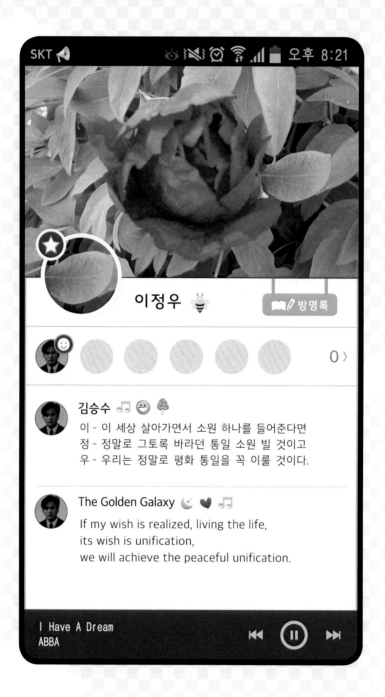

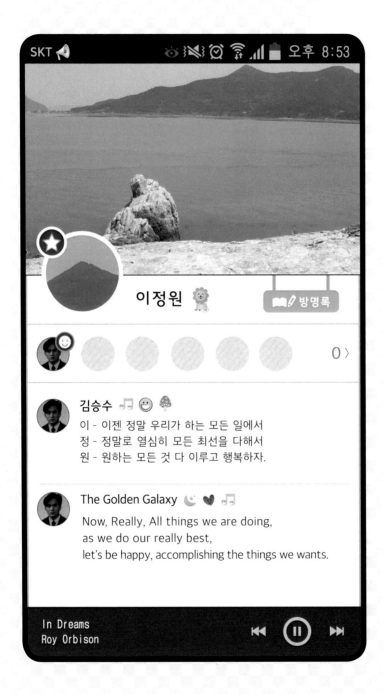

이정원 🦁

📖✏️ 방명록

0 ›

김승수 🎵 😊 🌿
이 - 이젠 정말 우리가 하는 모든 일에서
정 - 정말로 열심히 모든 최선을 다해서
원 - 원하는 모든 것 다 이루고 행복하자.

The Golden Galaxy 🌙 💜 🎵
Now, Really, All things we are doing,
as we do our really best,
let's be happy, accomplishing the things we wants.

In Dreams
Roy Orbison

⏮ ⏸ ⏭

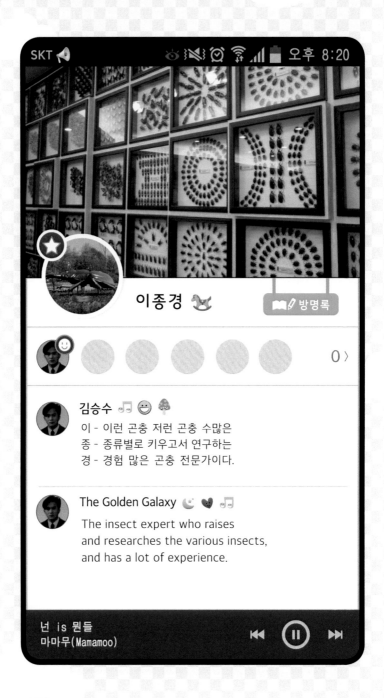

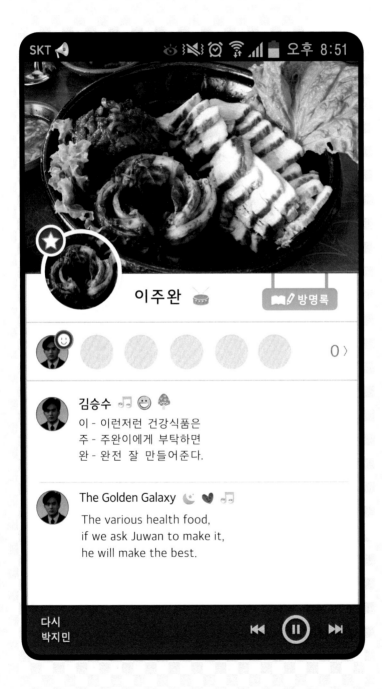

SKT 🔊 👁 🔕 ⏰ 📶 📶 🔋 오후 8:51

이주완 🥁 📖✏️방명록

0 ›

김승수 🎵 😊 🍙
이 - 이런저런 건강식품은
주 - 주완이에게 부탁하면
완 - 완전 잘 만들어준다.

The Golden Galaxy 🌙 🖤 🎵
The various health food,
if we ask Juwan to make it,
he will make the best.

다시
박지민   ⏮ ⏸ ⏭

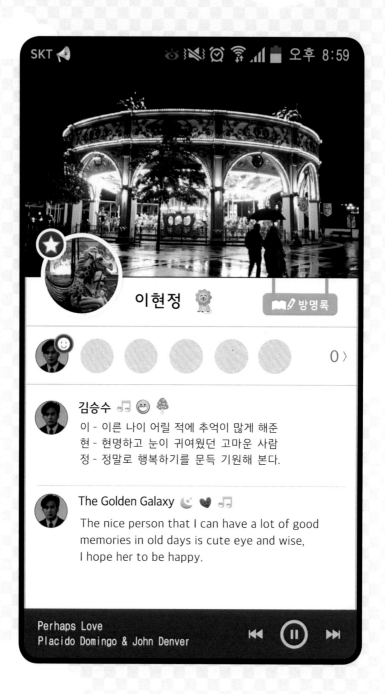

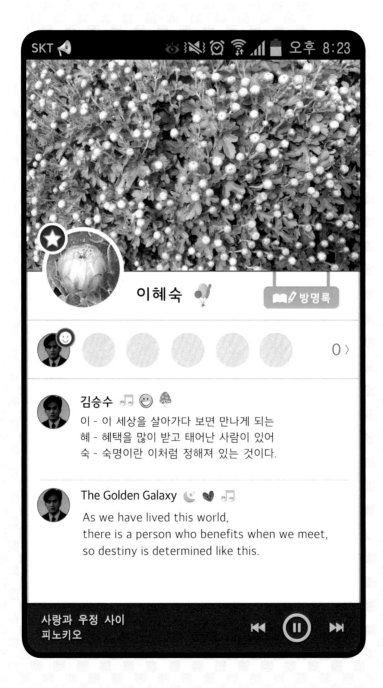

SKT · 오후 8:23

이혜숙 🎈

📖✏ 방명록

0 ›

김승수 🎵 😃 🐚
이 - 이 세상을 살아가다 보면 만나게 되는
혜 - 혜택을 많이 받고 태어난 사람이 있어
숙 - 숙명이란 이처럼 정해져 있는 것이다.

The Golden Galaxy 🌙 🖤 🎵
As we have lived this world,
there is a person who benefits when we meet,
so destiny is determined like this.

사랑과 우정 사이
피노키오

⏮ ⏸ ⏭

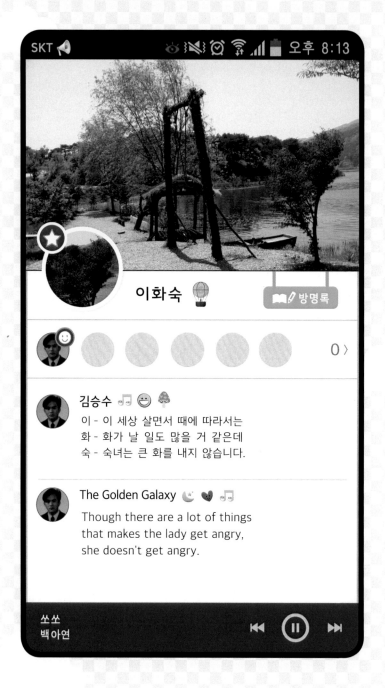

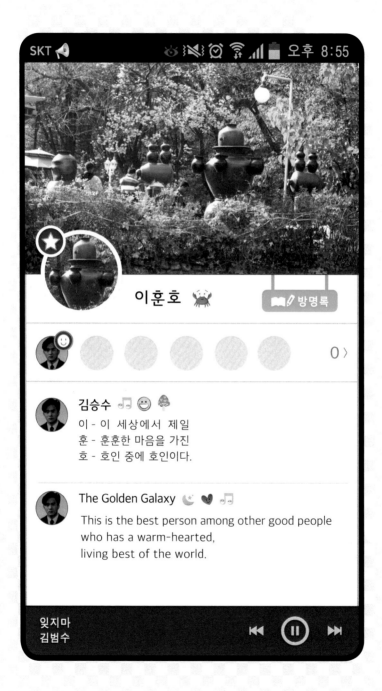

이훈호 🦀

📖✏️ 방명록

0 ›

김승수 🎵 😊 🐌
이 - 이 세상에서 제일
훈 - 훈훈한 마음을 가진
호 - 호인 중에 호인이다.

The Golden Galaxy 🌙 💜 🎵
This is the best person among other good people
who has a warm-hearted,
living best of the world.

잊지마
김범수

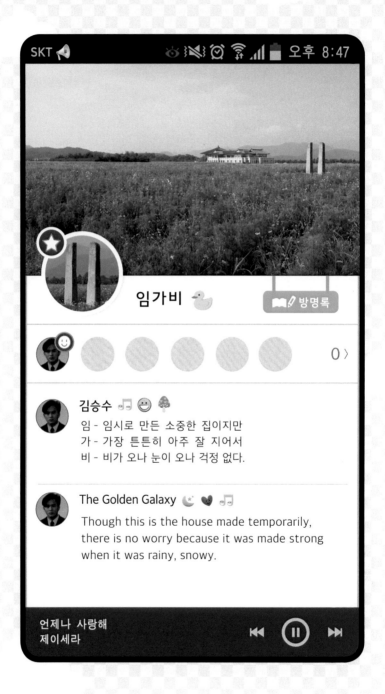

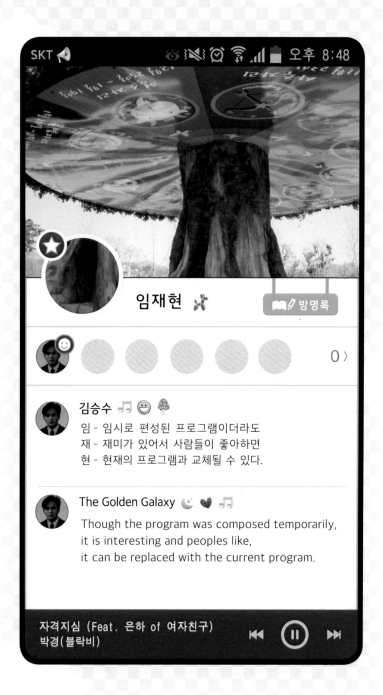

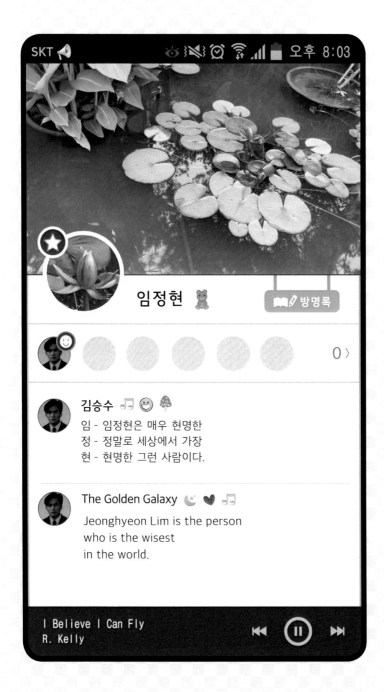

SKT 오후 8:21

임정환 🤖 📖✏️방명록

0 ›

김승수 🎵😊🍄
임 - 임시로 그어진 휴전선이 오래 갈 줄이야
정 - 정말로 휴전선 걷어 내는 통일의 날 오면
환 - 환상적이고 황홀해 감격의 눈물 흘리리.

The Golden Galaxy 🌙🖤🎵

As the cease-fire line that was made temporarily
is long like this,
the unification day when it would be removed comes,
I'm so wonderful that I am moved to tears.

One Dream One Korea
백현, 솔지, 소유…

⏮ ⏸ ⏭

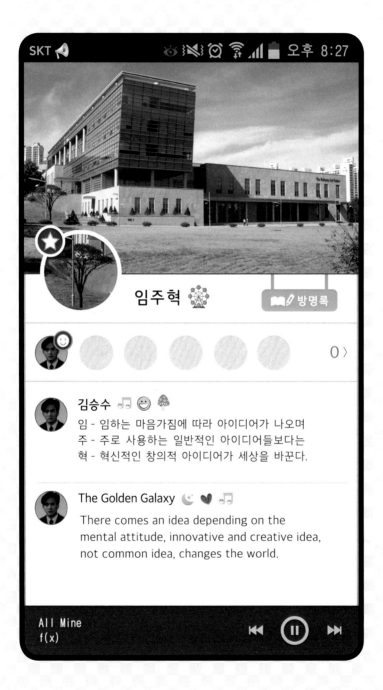

임주혁 🎡

📖✏️방명록

0 ›

김승수 🎵 😊 👻

임 - 임하는 마음가짐에 따라 아이디어가 나오며
주 - 주로 사용하는 일반적인 아이디어들보다는
혁 - 혁신적인 창의적 아이디어가 세상을 바꾼다.

The Golden Galaxy 🌙 💜 🎵

There comes an idea depending on the
mental attitude, innovative and creative idea,
not common idea, changes the world.

All Mine
f(x)

⏮ ⏸ ⏭

SKT 📢 👁 🔇 ⏰ 📶 🔋 오후 8:41

임한수 🎋 📖✏ 방명록

0 ›

김승수 🎵 😄 🍄
임 - 임자 한번 만나면 그 만나는 사람과
한 - 한번 친한 친구가 되면 영원한 친구
수 - 수많은 세월이 흘러도 변치 않는다.

The Golden Galaxy 🌙 💔 🎵

When meeting the right person,
he became friend once being friend is forever,
though a lot of time passes not change.

Why
태연 (TAEYEON)

⏮ ⏸ ⏭

part 08

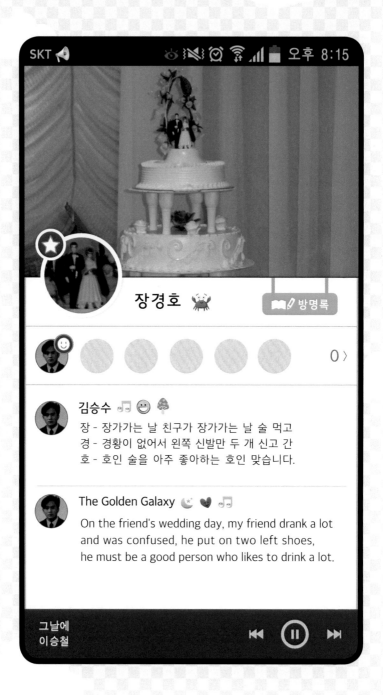

SKT 🔊 　　👁 🔕 ⏰ 📶 🔋 오후 8:15

장경호 🦀

📖✏방명록

🙂

0 ›

김승수 🎵 😀 🌳

장 - 장가가는 날 친구가 장가가는 날 술 먹고
경 - 경황이 없어서 왼쪽 신발만 두 개 신고 간
호 - 호인 술을 아주 좋아하는 호인 맞습니다.

The Golden Galaxy 🌙 💔 🎵

On the friend's wedding day, my friend drank a lot
and was confused, he put on two left shoes,
he must be a good person who likes to drink a lot.

그날에
이승철

⏮ ⏸ ⏭

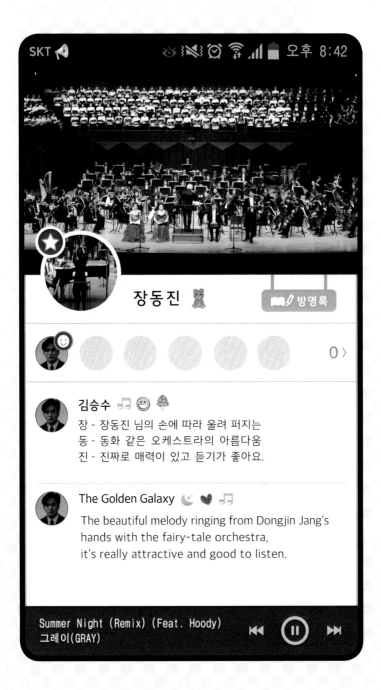

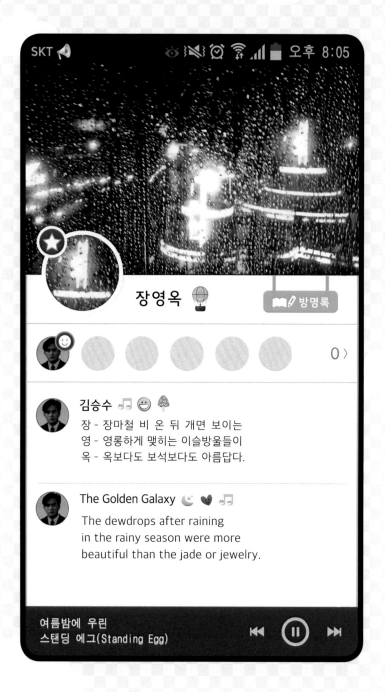

SKT 🔊 👁 🔕 ⏰ 📶 🔋 오후 8:05

장영옥 🎈

📖✏️방명록

😊

0 ›

김승수 🎵 😊 🌳
장 - 장마철 비 온 뒤 개면 보이는
영 - 영롱하게 맺히는 이슬방울들이
옥 - 옥보다도 보석보다도 아름답다.

The Golden Galaxy 🌙 🖤 🎵

The dewdrops after raining
in the rainy season were more
beautiful than the jade or jewelry.

여름밤에 우린
스탠딩 에그(Standing Egg)

⏮ ⏸ ⏭

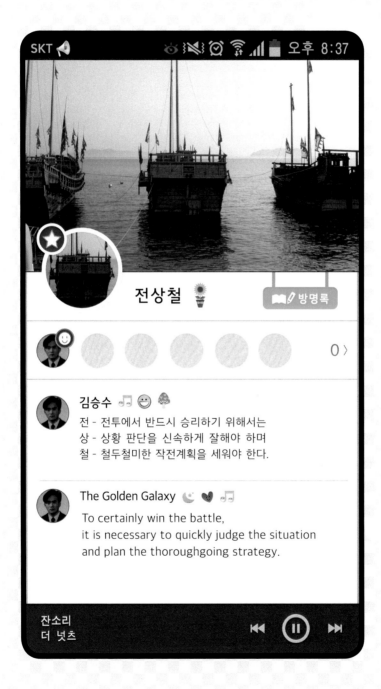

SKT · 오후 8:37

전상철 🌻

📖✏️방명록

0 ›

김승수 🎵 😊 🐚

전 - 전투에서 반드시 승리하기 위해서는
상 - 상황 판단을 신속하게 잘해야 하며
철 - 철두철미한 작전계획을 세워야 한다.

The Golden Galaxy 🌙 💜 🎵

To certainly win the battle,
it is necessary to quickly judge the situation
and plan the thoroughgoing strategy.

잔소리
더 넛츠

⏮ ⏸ ⏭

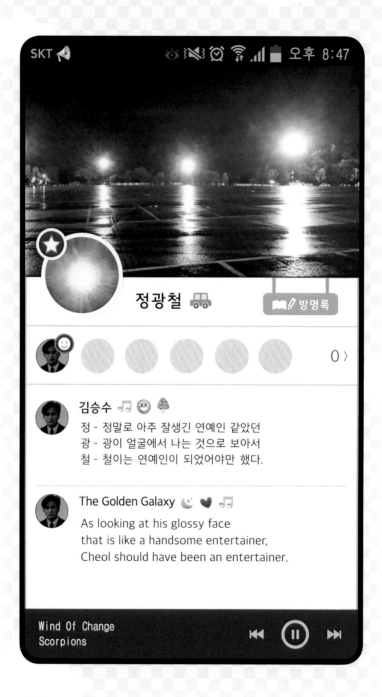

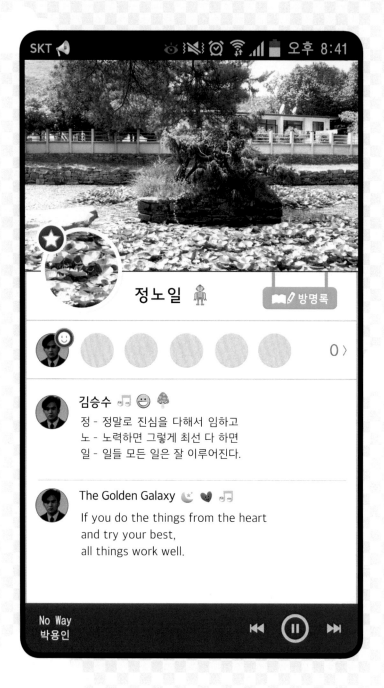

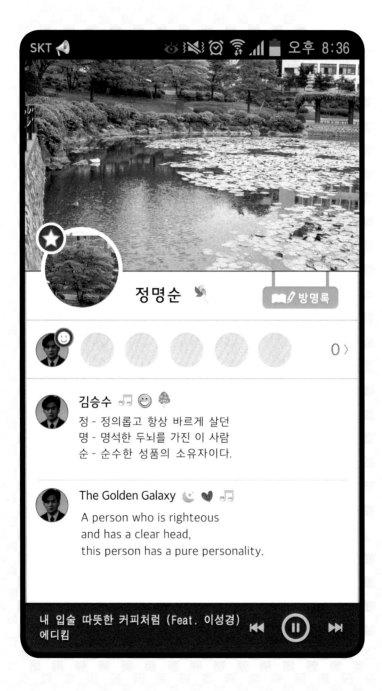

SKT

오후 8:36

정명순 🌸

📖✏️ 방명록

0 ›

김승수 🎵 😊 🎃
정 - 정의롭고 항상 바르게 살던
명 - 명석한 두뇌를 가진 이 사람
순 - 순수한 성품의 소유자이다.

The Golden Galaxy 🌙 💜 🎵
A person who is righteous
and has a clear head,
this person has a pure personality.

내 입술 따뜻한 커피처럼 (Feat. 이성경)
에디킴

⏮️ ⏸️ ⏭️

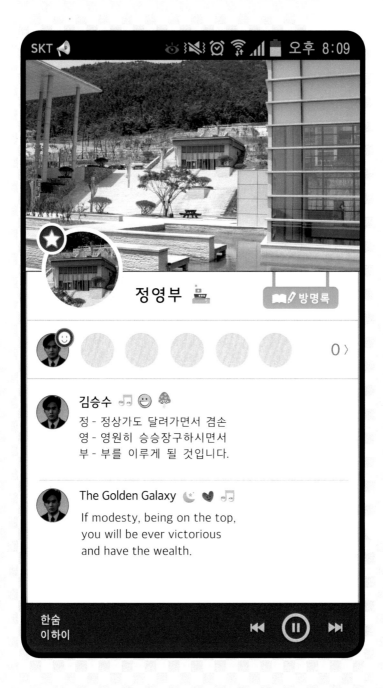

SKT 🔊 👁 🔕 ⏰ 📶 🔋 오후 8:09

정영부 🏯 📖🖊 방명록

0 ›

김승수 🎵 😊 🐚
정 - 정상가도 달려가면서 겸손
영 - 영원히 승승장구하시면서
부 - 부를 이루게 될 것입니다.

The Golden Galaxy 🌙 🖤 🎵
If modesty, being on the top,
you will be ever victorious
and have the wealth.

한숨
이하이

⏮ ⏸ ⏭

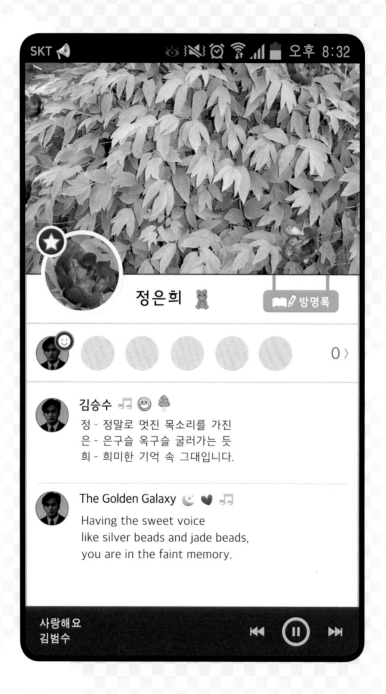

SKT 🔊 👁 🔇 ⏰ 📶 📶 🔋 오후 8:32

정은희 🧸

📖✏️ 방명록

😊

0 ›

김승수 🎧 😊 🌳
정 - 정말로 멋진 목소리를 가진
은 - 은구슬 옥구슬 굴러가는 듯
희 - 희미한 기억 속 그대입니다.

The Golden Galaxy 🌙 💜 🎧

Having the sweet voice
like silver beads and jade beads,
you are in the faint memory.

사랑해요
김범수

⏮ ⏸ ⏭

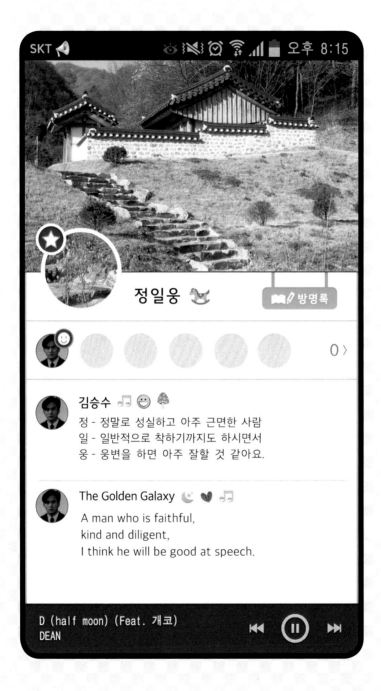

SKT

오후 8:15

정일웅

📖✏ 방명록

0 ›

김승수 🎵 😊 🐚
정 - 정말로 성실하고 아주 근면한 사람
일 - 일반적으로 착하기까지도 하시면서
웅 - 웅변을 하면 아주 잘할 것 같아요.

The Golden Galaxy 🌙 💜 🎵
A man who is faithful,
kind and diligent,
I think he will be good at speech.

D (half moon) (Feat. 개코)
DEAN

⏮ ⏸ ⏭

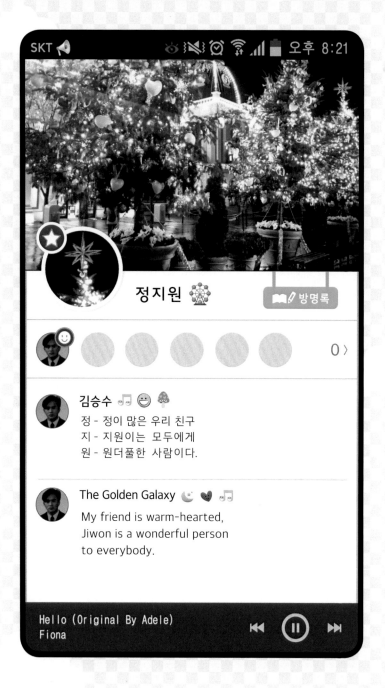

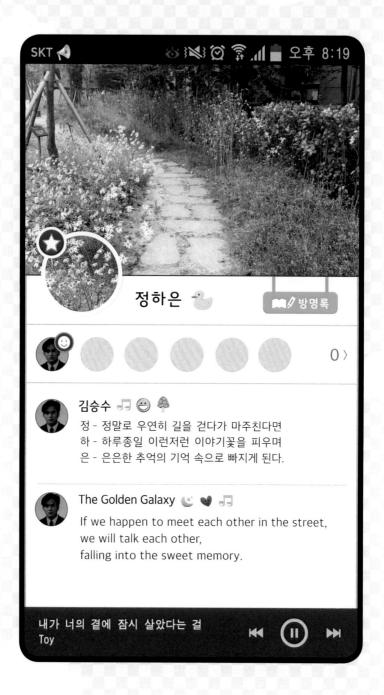

SKT 오후 8:30

조경분

방명록

0 〉

김승수

조 - 조그만 강아지들 버려지는 걸 안타까워하는
경 - 경우에 따라 버리지 말고 입양하라고 권하는
분 - 분명히 아름다운 마음 가진 좋은 분일 거예요.

The Golden Galaxy

As feeling sorry for that the small puppy is abandoned, the person who has a beautiful mind and recommends it to be adopted, not throwing it away depending on the situation.

사랑에 빠지고 싶다
김조한

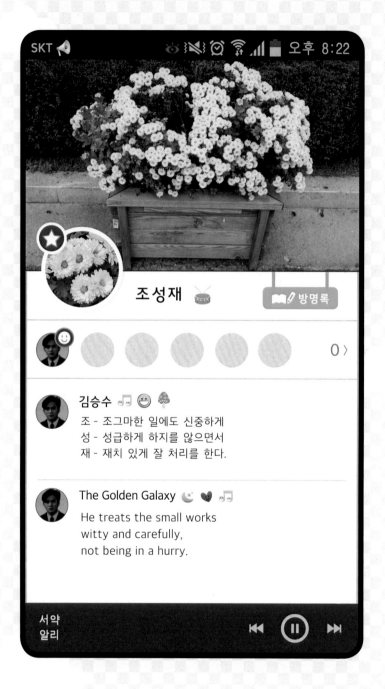

조성재

방명록

0 ›

김승수 🎵😀🍄
조 - 조그마한 일에도 신중하게
성 - 성급하게 하지를 않으면서
재 - 재치 있게 잘 처리를 한다.

The Golden Galaxy 🌙💔🎵

He treats the small works
witty and carefully,
not being in a hurry.

서약
알리

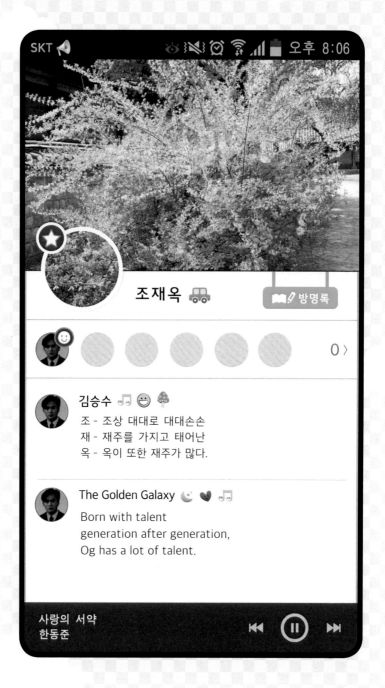

SKT 📢 👁 🔕 ⏰ 🔊 📶 📶 🔋 오후 8:13

조현선 🎋 📖✏️방명록

😊 ⬤ ⬤ ⬤ ⬤ ⬤ 0 ›

김승수 🎵 😊 🍄
조 - 조그만 얼굴에 커다란 눈을 가진 우리 친구여
현 - 현악기 중에서 가장 아름답고 감동을 주는
선 - 선율을 가진 바이올린처럼 친구를 좋아해요.

The Golden Galaxy 🌙 🖤 🎵
My friend who has big eyes and small face,
I likes friend like a beautiful and touching violin,
among the string instruments.

Why So Lonely
원더걸스 ⏮ ⏸ ⏭

194

SKT 오후 8:45

조현옥 🦁 ▨✎ 방명록

0 ›

김승수 ♫ 😊 💩
조 - 조급해하지 않으며 편안한 마음으로
현 - 현재에도 충실하고 미래를 준비하면
옥 - 옥보다 더 빛나는 인생을 살게 된다.

The Golden Galaxy 🌙 🖤 ♫
With not hurry and comfortable mind,
If you are faithful in the present
and prepare the future,
you will live a brighter life than jade.

사랑이 아프다
환희

⏮ ⏸ ⏭

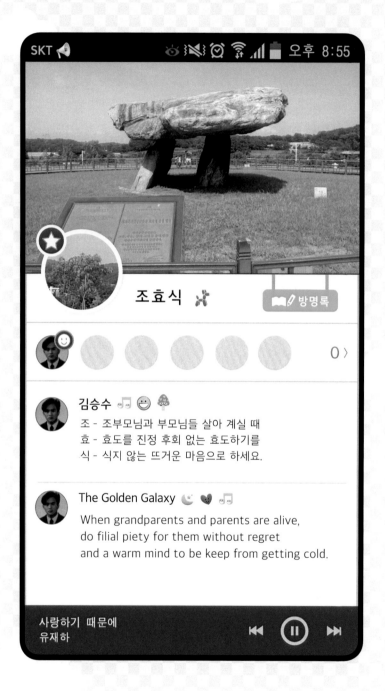

조효식 🎈   📖🖊방명록

0 ›

김승수 🎵 😄 🌳
조 - 조부모님과 부모님들 살아 계실 때
효 - 효도를 진정 후회 없는 효도하기를
식 - 식지 않는 뜨거운 마음으로 하세요.

The Golden Galaxy 🌙 💔 🎵

When grandparents and parents are alive,
do filial piety for them without regret
and a warm mind to be keep from getting cold.

사랑하기 때문에
유재하

⏮ ⏸ ⏭

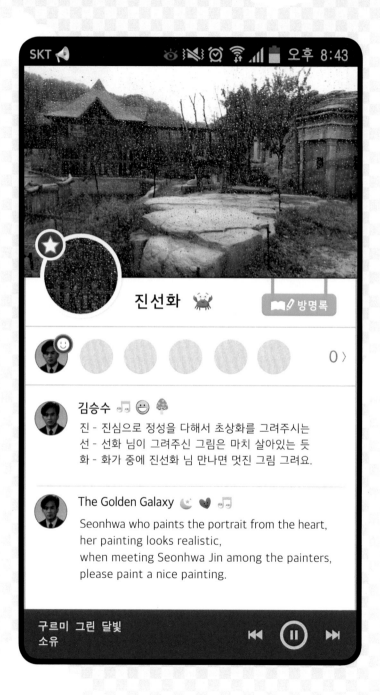

SKT 오후 8:43

진선화 🦀 📖✏방명록

0 ›

김승수 🎵 😊 🌳
진 - 진심으로 정성을 다해서 초상화를 그려주시는
선 - 선화 님이 그려주신 그림은 마치 살아있는 듯
화 - 화가 중에 진선화 님 만나면 멋진 그림 그려요.

The Golden Galaxy 🌙 💜 🎵
Seonhwa who paints the portrait from the heart,
her painting looks realistic,
when meeting Seonhwa Jin among the painters,
please paint a nice painting.

구르미 그린 달빛
소유

⏮ ⏸ ⏭

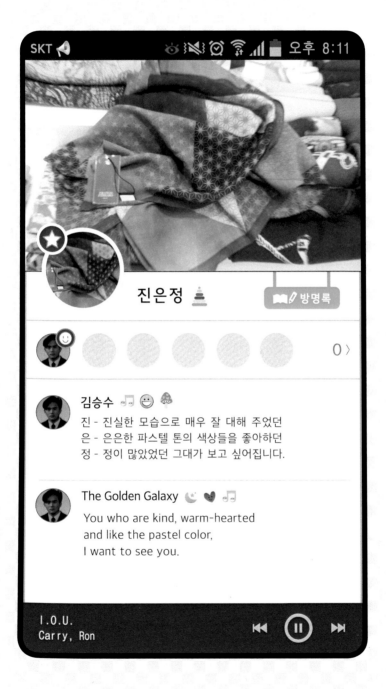

내친구
삼행시

part 09

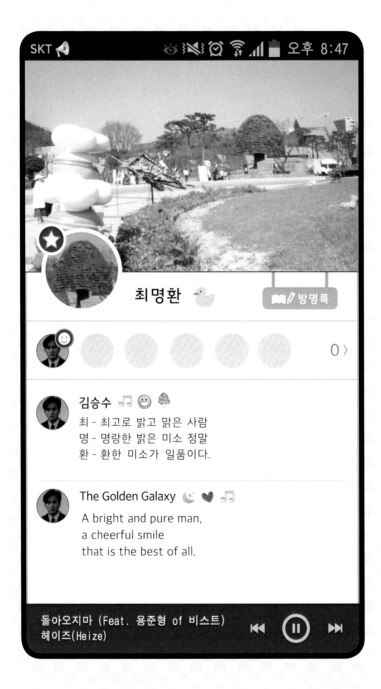

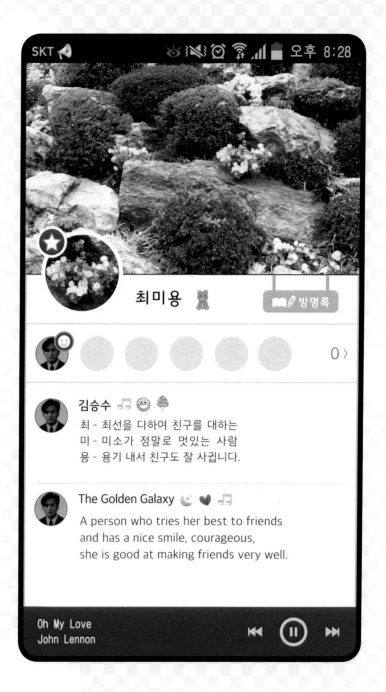

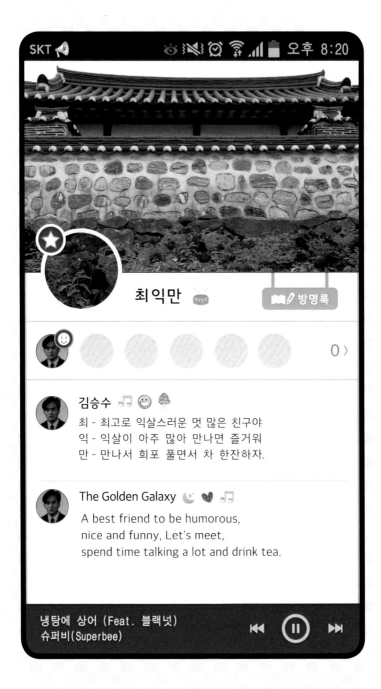

SKT 　 　 오후 8:22

최종길 🌻　　📖✏ 방명록

0 ›

김승수 🎵 ☺ 🐚
최 - 최고의 착한 마음 가진 친구이시여
종 - 종일 바라보고 있어도 변치 않고
길 - 길을 가다가도 문득 생각이 나네요.

The Golden Galaxy 🌙 🖤 🎵
A friend that has a good mind,
walking down the street, I hit upon you suddenly,
though looking at you all day and perduring.

Seasons In the Sun
Terry Jacks
⏮ ⏸ ⏭

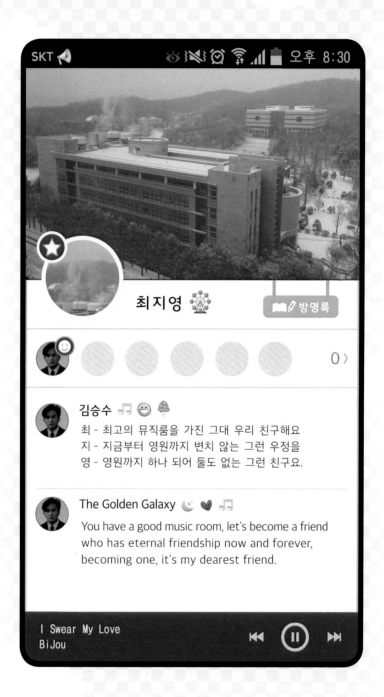

SKT 　　　　　　　　　　오후 8:30

최지영 🎡 　　　　　　　📖✏️방명록

0 ›

김승수 🎶 😄 🌳
최 - 최고의 뮤직룸을 가진 그대 우리 친구해요
지 - 지금부터 영원까지 변치 않는 그런 우정을
영 - 영원까지 하나 되어 둘도 없는 그런 친구요.

The Golden Galaxy 🌙 💜 🎶
You have a good music room, let's become a friend
who has eternal friendship now and forever,
becoming one, it's my dearest friend.

I Swear My Love
Bi Jou

⏮ ⏸ ⏭

내친구
삼행시

part 10

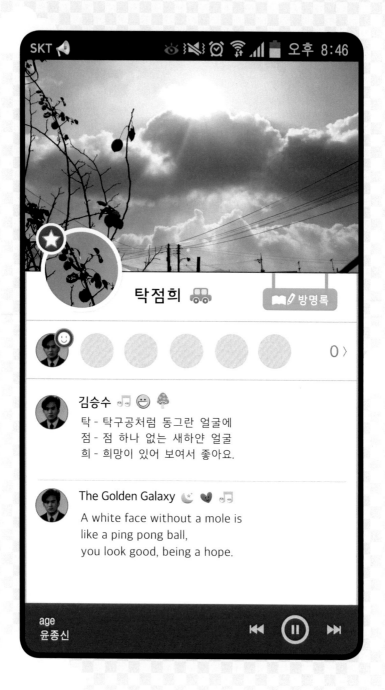

part 11

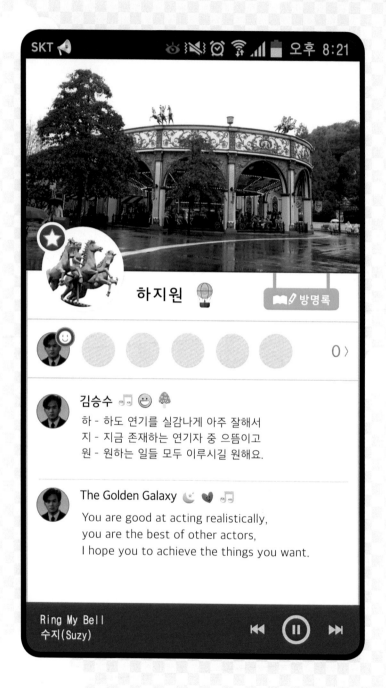

SKT 오후 8:21

하지원 🎈 📖✏️방명록

0 ›

김승수 🎵😊🌳
하 - 하도 연기를 실감나게 아주 잘해서
지 - 지금 존재하는 연기자 중 으뜸이고
원 - 원하는 일들 모두 이루시길 원해요.

The Golden Galaxy 🌙💗🎵
You are good at acting realistically,
you are the best of other actors,
I hope you to achieve the things you want.

Ring My Bell
수지(Suzy)

SKT 　　　👁🔇⏰📶📶🔋　오후 8:57

하현진 🦁　　　📖✏ 방명록

😊　　　　　　　　　　　　　　　　0 ›

김승수 🎵😊🎋
하 - 하마터면 모르고 지나갔을 친구
현 - 현명하고 유머도 있으며 친절한
진 - 진정한 친구를 만나서 행복하다.

The Golden Galaxy 🌙💜🎵
A friend who happens to be ignored by me,
I am happy to meet a real friend
who is kind, humorous and wise.

Desperation
Judith Hill
⏮ ⏸ ⏭

217

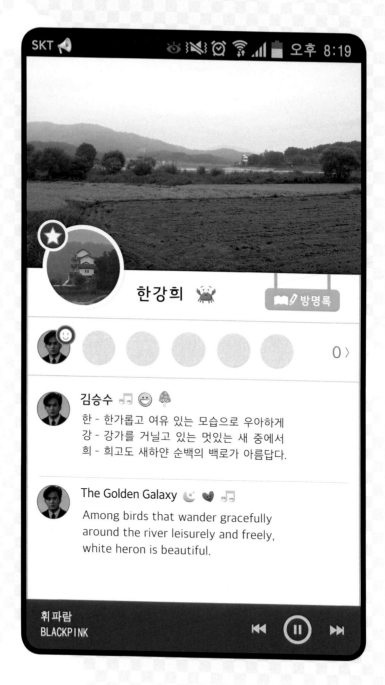

한강희 🦀

📖✏방명록

0 ›

김승수 🎵 😊 🦔

한 – 한가롭고 여유 있는 모습으로 우아하게
강 – 강가를 거닐고 있는 멋있는 새 중에서
희 – 희고도 새하얀 순백의 백로가 아름답다.

The Golden Galaxy 🌙 💜 🎵

Among birds that wander gracefully
around the river leisurely and freely,
white heron is beautiful.

휘파람
BLACKPINK

⏮ ⏸ ⏭

한마음 🗼

📖✏ 방명록

0 ›

김승수 🎵 😊 🍄

한 - 한마음 한뜻으로 우리 모두 다 똑같은
마 - 마음을 모두모두 다 모으면 그 힘으로
음 - 음지의 북한을 평화통일시킬 수 있다.

The Golden Galaxy 🌙 💙 🎵

With one mind of our people,
we will let sciophilous North Korea
become unified peacefully.

그날까지
정동하

⏮ ⏸ ⏭

허문영 🎈

🔖✏️ 방명록

0 ›

김승수 🎵😊🍄

허 - 허허허 웃는 모습이 보기 좋았던 친구
문 - 문득문득 생각나는 소중한 나의 친구
영 - 영원히 변치 않는 그런 따뜻한 내 친구.

The Golden Galaxy 🌙💜🎵

A friend who laughs nicely,
my dear friend that I suddenly hit upon,
the everlasting warm friend.

너는 나 나는 너
지코(ZICO)

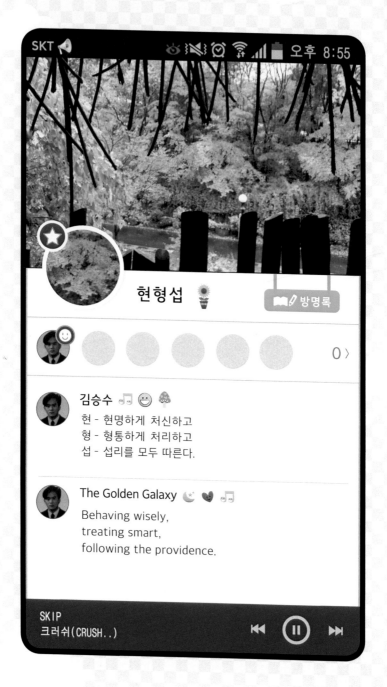

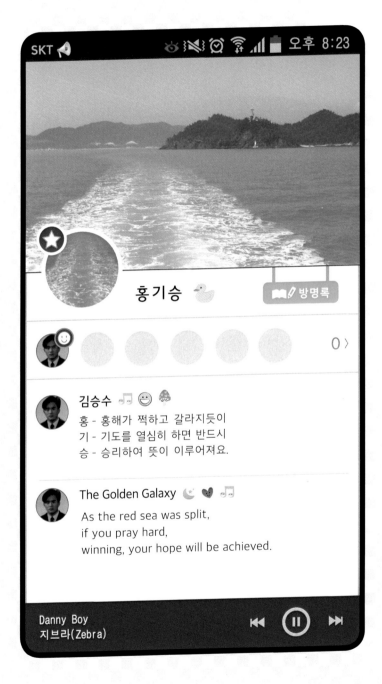

홍기승 🦆

📖✏️방명록

0 ›

김승수 🎵😊🍄
홍 - 홍해가 쩍하고 갈라지듯이
기 - 기도를 열심히 하면 반드시
승 - 승리하여 뜻이 이루어져요.

The Golden Galaxy 🌙💙🎵
As the red sea was split,
if you pray hard,
winning, your hope will be achieved.

Danny Boy
지브라(Zebra)

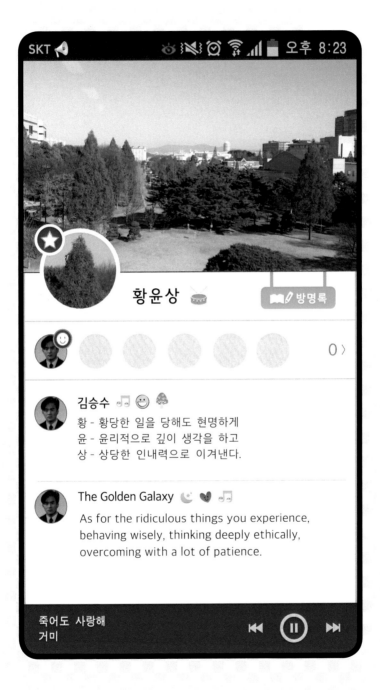

SKT 📢   👁 🔕 ⏰ 📶 🔋   오후 8:23

황윤상 🥁   📖✏ 방명록

0 ›

김승수 🎵 😊 🐚
황 - 황당한 일을 당해도 현명하게
윤 - 윤리적으로 깊이 생각을 하고
상 - 상당한 인내력으로 이겨낸다.

The Golden Galaxy 🌙 💔 🎵
As for the ridiculous things you experience,
behaving wisely, thinking deeply ethically,
overcoming with a lot of patience.

죽어도 사랑해
거미   ⏮ ⏸ ⏭

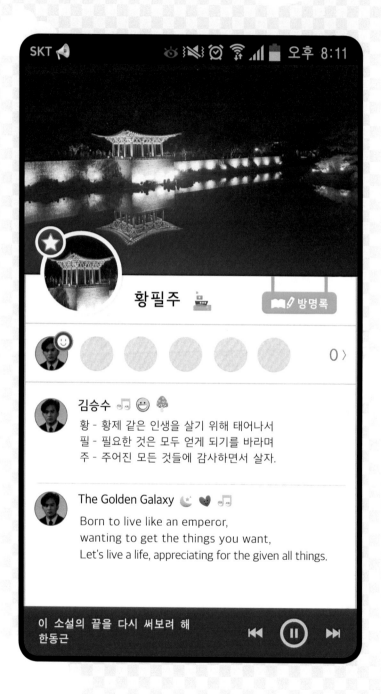